일본
시가의
마음과
민낯

지은이 오오카 마코토 大岡信 Ōoka, Makoto 1931년 일본 시즈오카현靜岡縣 미시마三島시 출생. 시인, 평론가. 도쿄대학 국문과를 졸업하고, 메이지대학 · 도쿄예술대학 교수, 일본현대시인회 회장, 일본펜클럽 회장을 역임했다. 2009년 미시마시에 '오오카 마코토 언어관大岡信ことば館'을 개관했다. 저서로는 『기억과 현재記憶と現在』(ユリイカ)를 비롯한 30여 권의 시집과 『오카쿠라 덴싱岡倉天心』(朝日新聞社), 『연회와 고심うたげと孤心』(集英社) 등 200여 권이 넘는 평론 · 시론 · 평전 · 시 선집 · 번역서 · 희곡 · 영화 시나리오 등이 있다. 일본예술원상 · 프랑스예술문화훈장 등 다수의 수상경력이 있으며, 그의 시집과 평론집이 영어 · 독일어 · 불어 · 중국어 등 여러 나라 언어로 번역되었다.

옮긴이 왕숙영 王淑英 Wang, Sook Young 일본 도카이東海대학 문학박사(일본고전문학). 인하대학교 문과대학 교수이며, 캠브리지 대학 방문교수 등을 역임했다. 주요 논저로 『自讃歌注』(勉誠社), 『自讃歌古注十種集成』(桜楓社, 黒川昌享과 공저), *Waka and Korean Poetry*, *Waka Opening Up to the World : Language, Community, and Gender*(Bensei Publishing Company, Bilingual Edition) 등이 있으며, 역서로 『창조된 고전-일본문학의 정전형성과 근대 그리고 젠더』(소명출판)가 있다.

일본시가의 마음과 민낯

초판 인쇄 2014년 6월 10일 **초판 발행** 2014년 6월 20일
지은이 오오카 마코토 **옮긴이** 왕숙영 **펴낸이** 박성모 **펴낸곳** 소명출판 **출판등록** 제13-522호
주소 서울시 서초구 서초중앙로6길 15
전화 02-585-7840 **팩스** 02-585-7848 **전자우편** somyong@korea.com **홈페이지** www.somyong.co.kr

값 12,500원 ⓒ 소명출판, 2014
ISBN 978-89-5626-899-6 03830

이 도서의 국립중앙도서관 출판시도서목록(CIP)은 서지정보유통지원시스템 홈페이지(http://seoji.nl.go.kr)와 국가자료공동목록시스템(http://www.nl.go.kr/kolisnet)에서 이용하실 수 있습니다.(CIP제어번호: CIP2014017633)

古今和歌集巻第一

春哥上

ふるとしに春たちける日よめる

在原元方

年のうちに春はきにけりひととせを
こそとやいはむことしとやいはむ

紀貫之

袖ひぢてむすびし水のこほれるを
春立つけふの風やとくらむ

よみ人しらず

春がすみたてるやいづこみよしのの
よしのの山に雪はふりつつ

二條のきさきの春のはじめのおほむうた

『영화 이야기荣華物語』 나라 회본奈良繪本 에서

일본 시가의
마음과 민낯

The Poetry and Poetics of Ancient Japan

오오카 마코토 지음
왕숙영 옮김

소명출판

NIHON NO SHIIKA_SONO HONEGUMI TO SUHADA
by Makoto Ōoka
ⓒ 1995 by Makoto Ōoka
Originally published in Japanese by Kodansha Ltd., Tokyo, 1995
Iwanami Shoten, Publishers, Tokyo, edition 2005
This Korean language edition Published in 2014
by Somyong Publishing Co., Seoul
by arrangement with the author c/o Iwanami Shoten, Publichers, Tokyo.

 이 책은 오오카 마코토 씨가 파리의 콜레주 드 프랑스College de
France에서 1994년 10월에 4회, 그리고 다음해인 1995년 10월에 1회
총 5회에 걸쳐 강의한 내용을 엮은 것입니다. 처음『日本の詩歌―
その骨組みと素肌』라는 제목으로 고단샤講談社(1995)에서 단행본
으로 출판된 것을, 이와나미 서점岩波書店(2005)에서 문고판으로 다
시 출판하여 오늘에 이르고 있습니다. 두 책 사이에 내용상의 변
화는 없으며, 이 책은 나중에 나온 이와나미 서점 문고판을 번역한
것입니다.

 우리말로 옮기면서, 강의의 현장감과 그 느낌을 살리려고 노력
하였습니다. 되도록 본문에서 한자를 줄이려고 하였으며, 고유명
사라 하더라도 한자음이 의미전달에 도움이 되는 경우에는『만엽
집(만요슈)万葉集』,『영화이야기(에이가 모노가타리)栄華物語』와 같이 한
자음을 먼저 제시하고 일본어 발음을 병기하였습니다. 일본어음
은 외래어 표기법에 따랐으나 예외로 원음에 가깝게 표기한('쯔' 등)
것도 있습니다.

길지 않은 책이지만 이 책을 옮기는 데에는 정말 많은 분들의 도움을 받았습니다. 무엇보다 번역을 흔쾌히 수락해주신 오오카 마코토 선생님께 진심으로 감사를 드립니다. 이 책의 번역을 제안하고 초벌 번역에 힘써주신 사나다 히로코 선생님, 시 번역에 도움을 주신 이가림, 박혜숙 선생님, 번역본을 읽어주신 정미영, 손승복, 황인용 선생 그리고 학생들에게도 고마운 마음을 전하고 싶습니다. 책이름을 함께 고민해주신 최원식 선생님, 언제나 든든한 응원군 왕신영 선생에게도 감사의 마음을 전합니다.

이 책에 사용한 도록들은 일본 도카이대학에서 제공한 것입니다. 도원桃園문고 등 귀중한 도록을 제공해 주신 무라야마 시게하루村山重治 님을 비롯한 도카이대학 도서관 관계자 분들에게 진심으로 감사드립니다.

인내심을 가지고 정말 오랫동안 기다려주신 박성모 사장님을 비롯한 소명출판 식구들에게 미안함과 함께 감사의 마음을 전합니다.

끝으로 시즈오카静岡현 미시마三島로 귀향하여 요양 중이신 오오카 마코토 선생님의 쾌유快癒를 빕니다.

옮긴이 왕숙영

일본시가의 마음과 민낯

문인정치가
스가와라노 미치자네 管原道真

소를 탄 스가와라노 미치자네(도쿄 유시마덴진 에마東京湯島天神 繪馬)

1

저는 이번 연속강의를 일본의 한 시인의 이야기로 시작하려고 합니다. 그는 일본시가사에 매우 중요한 시인이지만 모두에게 잊혀진 인물입니다. 그는 뛰어난 시인이자 학자였고 권력의 정점까지 오른 정치가였지만 하루아침에 실각하여 유배지에서 생을 마감하는 비운의 인물이기도 합니다. 그가 바로 문인정치가 스가와라노 미치자네菅原道真입니다.

미치자네 이야기를 하기 전에, 우선 이와 같은 인물을 탄생시킨 그 시대의 사회, 문화적 배경을 말씀드리겠습니다. 일본이 중국문명의 절대적인 영향에서 벗어나 독자적인 문화를 창조하기 시작한 시기가 '헤이안시대平安時代'(8세기 말~12세기 말)인데, 특히 헤이안시대 전반에 해당하는 약 200년간은 일본 역사 속에서 문학적으로 가장 풍요로운 시기였습니다. 그 시기에 스가와라노 미치자네, 기노 쓰라유키紀貫之, 이즈미 시키부和泉式部와 같은 시인들과, 무라사키 시키부紫式部, 세이 쇼나곤清少納言과 같은 뛰어난 산문작가들이 나타났습니다.

이 중 이즈미 시키부, 무라사키 시키부, 세이 쇼나곤 등 여성작가들이 문학의 황금시대를 열었다는 사실이 주목할 만합니다. 그들은 10세기 말에서 11세기 초 거의 비슷한 시기에 등장해, 궁에서 여관[1]으로 일하면서, 친구로서 때로는 라이벌로서 글을 썼습니다. 하지만 그들 대부분은 자신이 얼마나 위대한 업적을 이루었는지

인식조차 하지 못한 채 외롭게 만년을 보내다 세상을 떠났습니다.

그들의 작품은 천 년이 지난 지금도 여전히, 아니 세월이 갈수록 오히려 더욱 많은 사람들에게 읽히고 더 높은 평가를 받으며 여러 나라 언어로 번역되고 있습니다. 그런데 현재 일본에는 이 작품들을 원문으로 읽고 쉽게 이해할 수 있는 독자가 거의 없습니다. 대개의 경우 현대어 역을 통하여 『겐지 이야기源氏物語』나 『마쿠라 노소시枕草子』를 읽고, 해설서를 참고하면서 『이즈미 시키부 시가 집和泉式部歌集』이나 『이즈미 시키부 일기和泉式部日記』를 감상하고 있습니다. 서구화와 근대화의 과정인 메이지유신明治維新(1868)을 경계로 문자언어에 큰 변화가 생겼기 때문입니다. 이제 현대인들은 어느 정도의 체계적인 훈련을 받지 않고는 고문古文을 해독할 수 없게 되었습니다.

그런데도 『겐지 이야기』와 같은 경우, 현대 여성작가 등이 원 텍스트를 비교적 자유롭게 번역한 책들뿐만 아니라 그림책과 만화책, TV 시리즈 등 다양한 매체들을 통해 큰 인기를 얻고 있습니다. 만약 원작자 무라사키 시키부가 지금 다시 살아 돌아온다면 작품이 너무 달라져서 자신이 쓴 이야기인지 못 알아볼지도 모르겠습니다.

이렇게 뛰어난 여성작가들이 10세기 말부터 11세기 전반에 대거

---

1 여관女官은 여성으로 궁중의 후궁에서 봉사하는 관인官人을 말한다.

일본시가의 마음과 민낯

등장한 이유가 무엇일까요? 그녀들은 모두 학식 있는 중류귀족 가문에서 태어나 어릴 때부터 아버지에게 학문을 배웠습니다. 그리고 그녀들은 천황의 비[2]들 — 천황은 여러 명의 비를 둘 수 있었습니다 — 을 모시는 여관으로 궁정사회의 중심부에서 생활했습니다. 그래서 당시의 여성으로서는 보기 드물게 귀족남성을 만날 기회가 많았고 그들에 대해 잘 알고 있었습니다. 시인 이즈미 시키부처럼 황족이나 귀족과의 연애사건으로 유명해진 경우도 있었습니다.

산문작가 무라사키 시키부나 세이 쇼나곤이 쓴 소설이나 수필은 주변의 동료 여관들 사이에서 화제가 됐을 뿐 아니라 천황의 비들에게도 호기심의 대상이 되었고, 귀족남성에게도 많은 관심을 받았습니다. 이들 여성작가들이 궁정 안에서 자연스럽게 좋은 라이벌 관계가 되면서 문학적 경쟁은 한층 더 치열해졌고, 그 결과 지금은 세계적인 고전이 된 무라사키 시키부의 『겐지 이야기』, 세이 쇼나곤의 『마쿠라노소시』가 탄생한 것입니다. 이즈미 시키부 또한 뛰어난 작품을 남긴 천재적인 연애시인입니다. 그녀는 그 시대에 아무도 표현해내지 못했던 깊은 슬픔과 철학적인 인간관찰을 '와카和歌'[3]라 불리는 짧은 시에 담아냈습니다.

그런데 이런 여성작가들의 문학적 업적에 대해 고찰하려면, 일본 지식층이 글쓰기에 사용한 문자의 문제를 간과해서는 안 될 것

---

2 비妃는 천황을 모시는 여성 가운데 황후에 버금가는 자리에 있는 사람이다.
3 와카에 관해서는 1장 2절 23~24쪽 참조.

제1장 문인정치가 스가와라노 미치자네菅原道真

입니다. 당시 궁정의 남성 관료들, 즉 남성 지식인들은 자신들이 말하는 언어와 다른 중국식 문장(한문)을 중국에서 전래한 한자로 써야 했기 때문에 한문 구사력이 관료로서의 능력을 판단하는 기준이 되었습니다. 이름난 문장가는 법률, 경제, 외교, 정치, 역사에 정통하고 문학에도 조예가 깊어야 했는데, 조금 전에 이름을 든—여성작가들보다 한 세기 전에 나타난—스가와라노 미치자네야말로 이러한 조건을 고루 갖춘 수재이자 뛰어난 시인이었습니다.

앞에서 남성들이 한자로 중국식 문장과 시를 썼다고 말씀드렸는데, 이해를 돕기 위해 프랑스를 예로 들어보겠습니다. 일본과 거의 비슷한 시기에 프랑스에서도 라틴어에서 분화된 로맨스어를 거쳐서 프랑스어가 형성되는 역사적 과정이 있었습니다. 초기의 불어로 쓴 문학작품으로 유명한 무훈시[4]는 11세기 후반 즉 무라사키 시키부의 『겐지 이야기』보다 약간 늦게 나타났습니다. 무훈시가 나타나기 전까지는 일본의 한문이 그랬듯이 프랑스에서는 라틴어가 지식계급이 사용하는 공식 언어이자 문자였습니다.

그런데 일본에서 특이한 현상이 일어납니다. 라틴어에서 프랑스어가 파생되는 비슷한 과정이, 같은 일본어와 일본어 사이에서 일어난 것입니다. 다시 말해 남자가 사용하는 문자(한자)에서 여자가 사용하는 문자(가나)가 파생된 것입니다. 가나문자에는 '히라가

---

4 무훈시武勳詩, Chanson de geste는 중세 프랑스에서 만들어진 영웅 서사시다. 11세기 말 작품인 「롤랑의 노래」를 비롯하여 800여 편이 현재 전하고 있다.

일본시가의 마음과 민낯

나平仮名'와 '가타카나片仮名' 두 종류가 있는데, 히라가나는 같은 소리를 나타내는 한자를 아주 단순화시켜서 만든 문자이고 가타카나는 그 일부분을 독립시켜 만든 문자입니다. 한자는 원래 소리와 의미를 동시에 나타내며 한자 한 글자가 다양한 뜻을 갖기도 합니다. 그러나 히라가나나 가타카나는 한 글자로는 아무런 의미도 갖지 못하고 단순히 음절을 나타낼 뿐입니다. 말하자면 가나문자는 서양 언어의 알파벳과 유사하다고 할 수 있습니다.

이 가나문자는 헤이안시대 초기, 9세기 초에 만들어져 사용되기 시작한 것 같습니다. 그중 히라가나가 — 부드러운 곡선으로 이루어진 그 형태의 독특한 아름다움 때문이기도 했겠지만 — 여성의 문자가 되었습니다. 그래서 히라가나는 '온나데女手(여자의 손)'라고 불렸는데 이것은 '여자가 쓴 것', '여자의 필적'이라는 뜻입니다. 표의문자인 한자에 비해 그 기능이 뒤떨어져 보이던 히라가나가, 입말을 표기하려고 할 때 한자보다 훨씬 유용하다는 사실이 나중에 밝혀집니다.

일본의 시(와카)는 원래 낭송되는 것이었기 때문에 히라가나의 발명은 와카를 표기하는 데 지대한 영향을 미쳤습니다. 무엇보다 와카는 사랑을 표현하는 중요 수단으로, 와카 없이는 남녀 간의 사랑도 이루어지지 못할 정도여서 남성도 좋든 싫든 가나문자를 사용해야만 했습니다.

이렇게 히라가나, 그리고 주로 남성들이 사용한 가타카나가 일본인에게 없어서는 안 될 문자가 되면서 헤이안문학의 황금시대가 도래하였습니다. 와카로는 『고금와카집(고킨와카슈)古今和歌集』의 편찬이 10세기 초의 대사업이었고, 산문으로는 『영화 이야기(에이가모노가타리)栄花物語』 등이 11세기에 잇따라 등장했습니다. 아시는 바와 같이 『겐지 이야기』와 『마쿠라노소시』의 작자도 여성이었고 역사 이야기를 대표하는 『영화 이야기』의 작자로 추정되는 사람 또한 재능이 뛰어난 여관 아카조메에몬赤染衛門입니다.

최초의 칙찬와카집인 『고금와카집』[5]에서 주도적인 역할을 한 가인[6]들은 대부분 남성이었습니다. 하지만 여기에서도 우리는 여성문화의 영향이 매우 깊게 침투되어있음을 작품들을 통해 확인할 수 있습니다. 요컨대, 헤이안시대의 가장 큰 특징은 가나문자의 발명과 여성작가의 활약이라고 할 수 있습니다.

2

스가와라노 미치자네는 방금 말씀드린 여성문화의 황금기와 그 원동력이 된 가나문자가 보급되는 시기 바로 전, 아직 일본궁정 및 귀족사회가 중국문화의 절대적 영향 아래에 있었던 헤이안시대

---

5 '칙찬'은 천황의 명으로 인해 편찬되었다는 뜻. 칙찬와카집은 『고금와카집』을 비롯해 전 21집이 만들어졌다.
6 일본시가의 한 장르인 와카 또는 단카短歌를 쓰는 시인을 가인歌人이라 부른다.

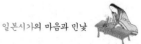
일본시가의 마음과 민낯

초기를 대표하는 시인이었습니다. 동시에 그는 유교와 불교에 정통한 최고의 학자이자 유능한 외교관으로, 조정에서 두 번째로 높은 우대신[7]의 자리까지 오른 정치가이기도 했습니다.

미치자네는 일본 고유 언어인 야마토 코토바[8]를 사용하는 와카가 아니라 한자를 사용하여 중국시의 형식을 갖춘 '한시'를 짓는 '시인'이었습니다. 물론 그는 와카도 많이 지었습니다만 현재 남아 있는 작품 가운데 몇 퍼센트가 실제로 그가 쓴 작품인지 가려내는 것은 쉬운 일이 아닙니다. 미치자네가 몰락하여 비참하게 생을 마감한 후 그의 명성이 극적으로 다시 회복되면서 위작이 많이 나왔을 것으로 추측되기 때문입니다. 미치자네는 어디까지나 일본최고의 한시작가였습니다. 다행히 그의 한시는 거의 완전한 형태의 전시집이 남아 있어서 우리는 자세한 주석이 붙은 현대판으로 그의 작품을 읽을 수 있습니다.[9]

그렇다면 도읍인 교토에서 멀리 떨어진 서쪽 변방 규슈九州 다자이후太宰府에서 귀양살이를 하다가 59세에 생애를 마친 스가와라노 미치자네는 과연 어떤 인물이었을까요? 미치자네는 845년에 태

7　우대신右大臣은 율령제도律令制度에서 국정을 총괄하는 최고기관인 태정관太政官의 장관이다. 가장 높은 자리인 태정대신太政大臣은 명예직에 지나지 않았으며 실질적으로는 좌대신이 가장 높은 자리이었다. 우대신은 좌대신에 버금가는 자리다.

8　야마토 코토바大和言葉에서 '야마토'는 일본의 또 다른 이름이며 '코토바'는 '말'이라는 뜻이다.

9　주석이 붙은 『관가문초菅家文草』와 『관가후집菅家後集』이 '일본고전문학대계日本古典文学大系' 72(이와나미 서점)에 수록되어 있다.

어나 903년에 세상을 떠났습니다. 그의 할아버지와 아버지는 뛰어
난 유학자였으며 손자 후미토키文時 역시 유명한 시인이었습니다.

미치자네는 11세 때 훌륭한 한시를 지어서 부친 고레요시是善를
놀라게 했다고 합니다. 그 후 그가 젊은 외교관으로서 당시 일본
과 교류가 빈번했던 발해국의 대사를 교토에서 만났을 때, 대사는
미치자네의 한시를 칭찬합니다. 그 대사는 시인이기도 했기 때문
에 미치자네의 재능을 금방 알아본 것입니다.

미치자네는 32세의 젊은 나이로 문장박사[10]가 되어 전도유망한
관료학자로서 궁정생활을 하는 동안, 항시 주위의 질투와 선망의
대상이었습니다. 그런데 교토에서 순조롭게 출세할 것 같았던 이
엘리트 관료는 그의 나이 41세에 전혀 예상치 못했던 곳으로 좌천
됩니다. 그곳은 교토에서 멀리 떨어진 섬 시코쿠四国의 사누키讚岐
라는 곳으로, 그는 지사로서 4년이라는 실의의 세월을 시골 바닷
가에서 보냈습니다.

하지만 이 사건은 그가 인간적으로 성장하는 데 좋은 밑거름이
되었습니다. 시코쿠에서 처음으로 서민들의 생활을 직접 보고 가
난에 시달리며 살아가는 백성의 실태를 알아가면서 그의 시는 무
척 흥미로운 변화를 보입니다. 궁정에서는 결코 접할 수 없었던
주제가 잇따라 작품에 등장하고 그가 관료사회의 부패에 눈을 떠

10 　문장박사文章博士는 율령제로 설치된 관료육성기관인 대학료大学寮에서 한문학이나 중국역
　　사 등을 가르친 교관이다.

일본시가의 마음과 민낯

가는 과정이 작품 속에 뚜렷이 나타나기 시작합니다.

사누키에서 교토로 돌아온 미치자네는 정치적으로 어려운 문제 해결에 역량을 발휘하여 우다宇多 천황으로부터 두터운 신임을 받게 되는데, 이 우다 천황과의 만남은 실로 그에게 운명적이었다고 할 수 있습니다.

당시 천황은 조정에서 막강한 권력을 가지고 있었던 후지와라藤原 가와 혼인관계를 맺고 외척의 꼭두각시 노릇을 하는 경우가 많았습니다. 그러나 미치자네가 모신 우다 천황은 후지와라가의 권력을 견제하고 정치를 쇄신하기 위해 미치자네를 중용합니다. 이런 이유로 미치자네는 관료사회에서 매우 빠르게 출세하게 됩니다. 그에 따라 후지와라가의 경계는 날로 심해지고 미치자네를 향한 동료들의 시기와 질투도 점점 더해 갔습니다. 더구나 미치자네의 딸들 가운데 한 명이 우다 천황의 후궁, 다른 한 명이 황자 도키요齊世 친왕의 비가 되고 마침내 미치자네가 우대신의 자리까지 올라갔을 무렵, 정적의 그림자는 한층 더 짙어졌고 미치자네의 불안도 극에 달했습니다.

미치자네에 필적하는 지위에 있었던 사람은 후지와라가 중에서도 가장 유력한 북가[11]출신 좌대신左大臣 후지와라노 도키히라藤原

11　나라奈良시대 전반기에 정권을 잡은 후지와라노 후히토藤原不比等의 아들 4형제가 세운 가문을 각각 남가南家, 북가北家, 식가式家, 경가京家라 부르고 통틀어서 '후지와라 4가四家'라 한다. 도키히라는 이 중 북가 출신이다. 제2장 1절 44쪽 참조.

時平 뿐이었습니다. 그는 미치자네보다 26세 아래로, 좌대신으로 임명되었을 때 겨우 28세였습니다. 함께 우대신에 임명된 미치자네는 54세였으니 후지와라가가 정계에 얼마나 큰 세력을 가지고 있었는지 짐작할 수 있습니다. 또 반대로 이것은 미치자네가 얼마나 고독한 입장에 서 있었는지를 말해주기도 합니다. 우다 천황의 두터운 신임과 보살핌 덕택에 후지와라 일족에 대항하여 조정의 중요한 자리와 권위를 간신히 지켰던 미치자네의 정치적 운명이란 이처럼 처음부터 무척 위태로운 것이었습니다. 미치자네 이전에, 정치가 가문 출신이 아니라 그리 유복하지 않은 학자 집안 출신으로, 정계 최고의 자리까지 오른 인물은 약 1세기 반 전의 기비노 마키비[12] 단 한 사람뿐이었습니다.

하지만 우다 천황은 무책임하게도 스가와라노 미치자네를 끝까지 보호하지 않고 골치 아픈 정치 무대에서 물러나 버렸습니다. 그는 장남인 황태자에게 천황의 자리를 물려주고 자신은 상황[13]이 되어, 천황 배후에서 실질적으로 정치를 움직이는 길을 택했습니다. 새로 즉위한 다이고醍醐 천황은 겨우 12세밖에 안 되는 소년이었고 아버지 우다 상황도 아직 30세였습니다. 이때부터 우다 상황이 64세에 세상을 뜰 때까지 34년간, 전 천황으로서 우아한 생활을 즐긴

---

12 기비노 마키비吉備真備(695?~775)는 나라시대의 학자, 정치가이다. 717년 당나라에 유학하고 735년에 귀국했으며 우대신의 자리에까지 올랐다.

13 상황上皇은 천황이 그 지위를 다른 사람에게 물려준 후에 불리는 칭호이다.

일본시가의 마음과 민낯

시기에 헤이안문화가 화려한 꽃을 피웠습니다. 간표^{寬平}(889~898), 엔기^{延喜}(901~923)시대라 불린 이 우다·다이고 양 천황의 시대가 바로 일본 고전문화의 전성기라 할 수 있습니다. 왜냐하면 다름 아닌 우리의 주인공 스가와라노 미치자네의 한시와 『고금와카집』이, 한시와 와카라는 두 시 형식을 대표하는 성과를 이 시기에 연이어 선보였기 때문입니다.

소년천황 다이고는 처음에는 부친 우다의 명에 따라 미치자네를 중용했고 또 미치자네 작품에 대해 깊은 경의와 동경심을 가지고 있었습니다. 다이고 천황이 즉위하고 2년 후, 후지와라가의 젊은 종주^{宗主} 후지와라노 도키히라가 좌대신에 임명되고 미치자네는 우대신이 됩니다. 그때까지는 아직 우다 상황이 영향력을 발휘하고 있어서, 미치자네가 심리적으로는 힘들었지만 여전히 정계 최고 권력자로서의 중책을 감당할 수가 있었습니다.

하지만 바로 그런 상황이 미치자네를 파멸의 수렁으로 몰고 갔습니다. 미치자네의 존재가 중요해질수록 도키히라를 비롯한 후지와라가 사람들과 미치자네에게 반감을 가진 학자들은 그를 더 경계하게 되었고, 마침내 그를 실각시키기 위해 다이고 천황에게 '미치자네가 무서운 음모를 꾸미고 있다'라고 모함합니다. 그 음모란 미치자네가 다이고 천황을 퇴위시키고 사위인 도키요 친왕¹⁴을

---

14 도키요 친왕(886~927)은 출가 전의 이름으로, 나중에 출가하여 신자쿠 법친왕^{真寂法親王}이라고 하였다. 우다 천황의 제3황자, 다이고 천황의 동생이다.

즉위시키려 한다는 것이었습니다.

당시 열여섯 살 천황에게 이 음모설은 상당한 충격이었을 것입니다. 미치자네는 하루아침에 우대신자리에서 쫓겨나 다자이노 곤노 소치太宰権帥라는, 터무니없이 낮은 자리로 좌천되어 도읍에서 추방을 당합니다. '다자이노 곤노 소치'란 다자이후의 부장관이라는 뜻이지만, 대개의 경우 중앙정부의 고관이 좌천될 때의 명목적 관리직에 지나지 않았으며 미치자네의 경우도 그랬습니다. 일본열도의 서쪽 변방인 규슈 북부에 설치된 다자이후는, 중국이나 한반도에 대한 군사적 방어기지로 중앙정부의 출장소 같은 곳이었습니다. 미치자네는 이 서쪽 변방의 요새도시에서 2년간 귀양살이를 하다가 한 많은 일생을 마칩니다. 그는 그곳에서 억울한 누명을 쓴 비통한 마음을 한시로 남겼는데, 그 시들은 정말 피눈물로 쓴 통한의 시라 할 수 있습니다. 그리고 이 작품들로 인해 스가와라노 미치자네는 위대한 시인이 되었습니다.

미치자네가 추방당할 때 그의 식구들 역시 뿔뿔이 흩어져야만 했습니다. 아내와 큰딸은 교토에 남았습니다만 장남은 도사土佐, 차남은 스루가駿河, 삼남은 히다飛驒, 사남은 하리마播磨로 각기 아주 멀리 떨어진 곳으로 추방당하고, 미치자네는 어린 아들과 딸만 데리고 참담한 마음으로 다자이후로 향했습니다. 가족이 동시에 여섯 군데로 찢겨진 셈입니다. 미치자네가 데려온 어린 두 아이는 얼마 안 있어 영양실조로 죽고 미치자네 자신도 분노와 절망, 급격한 심신의 쇠약으로 곧 세상을 떠났습니다.

그러나 이 일련의 사건은 미치자네의 죽음으로 모두 끝난 것이 아니었습니다. 그의 영혼은 원령恕靈이 되어 오랫동안 미치자네 추방에 가담한 자들에게 재앙을 내렸으니까 말입니다. 미치자네의 추방을 주도한 후지와라노 도키히라는 38세에 죽었는데, 사람들은 미치자네의 원혼이 복수했다고 믿었습니다. 황궁의 정전正殿인 청량전淸凉殿에 벼락이 떨어져서 미치자네를 참소讒訴한 사람들이 죽어나갔습니다. 심지어는 다이고 천황이 죽고, 천황이 지옥에 떨어졌다는 소문까지 퍼졌습니다. 미치자네가 하늘의 뇌신[15]이 되어 복수를 했다는 것입니다. 그래서 미치자네의 혼을 달래기 위해 그가 죽은 지 20년 만에 원래의 지위로 복귀시키고 1세기 뒤에는 신으로 받들어 모셨습니다. 현재 미치자네는 '천신天神님'으로 전국 각지의 신사에 모셔져 있으며, 뛰어난 업적을 가진 학자였기 때문에 대학교, 고등학교 수험생들이 합격을 기원하는 신이 되어 있습니다. 그래서 지금도 입시 시즌이 되면 천신님을 모신 신사는 학생과 학부모들로 대단히 붐빕니다.

그런 의미에서 현대의 일본사람들은 미치자네가 학문에 뛰어난 인물이었다는 것은 잘 알고 있지만, 그가 본래 우수한 시인이었다는 사실은 대부분 모르고 있습니다. 그것은 미치자네의 시가 — 일부 사람들을 제외하면 거의 이해하기 어려운 — '한문'으로 쓰인

---

15 뇌신雷神은 천둥과 번개를 신격화한 것으로, 중국에서는 천제의 속신으로 여긴다.

'한시'였기 때문입니다.

그보다 1세대 후에 출현한 기노 쯔라유키를 비롯한 신세대 시인들은 가나문자를 써서 구어인 야마토 코토바로 '와카'를 지었습니다. 불과 한 세대 밖에 차이가 나지 않지만 이러한 글쓰기의 급격한 변화로 인해, 기노 쯔라유키 등이 편찬한『고금와카집』은 편찬 후 약 10세기 동안 일본시가사에서 가장 영향력 있는 시선집詩選集이 되었습니다. 반면에 스가와라노 미치자네는 비운의 학자이자 정치가로서, 사후 신이 된 사람으로 유명해졌습니다. 그는『스가와라 덴쥬 데나라이 가가미菅原伝授手習鑑』를 비롯해 '스가와라물'[16]이라 불리는 가부키 작품에 주인공으로 등장합니다. 이런 이유로 미치자네는 시인으로서의 진가를 오랫동안 인정받지 못했습니다. 저는 이점이 못내 아쉽고 또 납득이 가지 않았습니다. 몇 년 전 (1989) 제가『시인 스가와라노 미치자네』라는 책을 써서 시인 미치자네의 위대함을 역설한 것도 이 때문입니다.

다음 번 강의에서 기노 쯔라유키 그리고『고금와카집』을 비롯한 칙찬와카집의 미학에 대해서 설명드릴 예정입니다만, 스가와라노 미치자네와 관련해서 한시와 와카의 본질적인 차이에 대해 여기에서 잠깐 말씀드리겠습니다.

미치자네는 중국 전래의 표현수단을 사용하여 중국시와 공통요

---

16 '스가와라물菅原物'은 스가와라노 미치자네를 주인공으로 한 이야기라는 뜻이다.

일본시가의 마음과 민낯

소를 가진 시를 쓰는 데에 성공했습니다.

미치자네의 시, 특히 시코쿠, 사누키 시절의 시나 규슈 다자이후로 추방된 이후의 시는 기쁨과 슬픔, 노여움과 괴로움을 표현할 때 그 원인과 결과를 반드시 구체적으로 드러내고 있습니다. 또 주체인 시인 자신의 입장이 명확해서 사회적 사건에 대한 그의 반응도 명료하게 드러납니다. 관료사회 내부에서 일어난 뇌물 등의 비리, 학자사회에서 받는 질투와 선망의 눈길 속에서 의연한 태도를 유지하기 위한 마음가짐, 공식적인 의식에 따른 화려한 행사들, 특히 아름답고 우아한 무희들이 춤출 때의 고혹적인 모습과 약간 방심할 때의 귀여운 몸짓, 서민계급이 처한 빈곤과 병고의 상세한 묘사, 그리고 미치자네 자신의 일상생활 장면들, 고독감, 자식의 죽음에 대한 애통함 등, 미치자네의 시를 읽다보면 우리는 천 년 전 시인의 일생을, 그 내면의 드라마를 눈앞에 그려볼 수 있습니다.

이렇게 중국에서 생각하는 시 본래의 모습은 사회를 향해 자기주장을 하는 시, 바로 주체와 객체의 구별 및 대비가 처음부터 명확히 존재하는 그런 시입니다. 그런 면에서 미치자네의 시는 이백이나 두보, 백거이 같은 당나라 대시인들이 읽어도 미소 지으며 공감할 만한 내용과 표현방법의 보편성을 지니고 있습니다.

이에 비해 와카는 많은 점에서 다릅니다. 첫째, 와카는 아주 짧습니다. 와카의 기본 형식은 5·7·5·7·7 다섯 구로 이루어진 31음절의 '단카短歌'인데, 16세기 이후에는 한층 더 짧아진 17음절의 '하이쿠俳句'가 생겨 양쪽 모두 현재까지 인기를 누리고 있습니다.

와카 형식은 너무 짧아서 구체적으로 무엇인가를 논하기가 매우 어렵습니다. 와카는 약간의 정보와 암시로 구성되어 있어서 구체적인 사물이나 사건의 자세한 묘사보다 사물이나 사건에 부딪쳤을 때 작자가 느낀 감동의 간결한 표현만이 존재합니다. 구체적인 사실에 대한 언급은 감동을 표현하는 데에 꼭 필요한 범위 내에서 최소한으로 이루어집니다. 필요이상으로 자세한 묘사를 하면 상당히 잘 쓴 작품이 아닌 이상, 저속하고 산문적인 작품이라고 비난을 받게 됩니다. 이와 같이 와카에서는 시의 주체가 자기주장을 통하여 사회나 환경에 구체적으로 참여하는 모습은 거의 찾아볼 수 없고 주어마저 자주 생략되어 있습니다. 따라서 와카의 주체와 객체는 '대비'가 아니라 '융합'의 양상으로 파악되는 경우가 많습니다.

현대에 와서는 하나의 주제로 10수 또는 20수의 단카[17]를 이어 쓰는 방법이 일반화되어 있습니다. '연작連作'이라 불리는 이 방법은 조금 전에 말씀드린 와카의 본질적인 과묵함을 보완하는 방법 중의 하나입니다. 연작을 하면 구체적인 사실을 묘사하고 논하면서 자신의 의견을 표명할 수 있습니다. 이런 방법이 생겼다는 것 자체가 와카가 한 수만으로 극히 적은 양의 내용 밖에 그려내지 못하는 대신, 미묘하고 섬세한 감정의 흔들림을 순간적으로 포착하여 표현하는 시임을 말해줍니다.

---

17 와카는 근대 이후 단카短歌라 불리고 있지만, 기본 형식은 와카와 같다.

일본시가의 마음과 민낯

와카의 이런 한계를 극복하는 또 하나의 방법은, 시인 여러 명이 하나씩 짧은 시구를 연쇄적으로 만들어가면서 긴 시 한 편을 공동으로 제작하는 형식인데 이것을 '렌가連歌' 또는 '렌쿠連句'라고 합니다. 최근에는 '렌시連詩'라는 새로운 제작방법이 생겼는데 '렌시'는 서양에서도 공동제작을 하는 새로운 형식의 시로 관심을 모으고 있습니다. 이것도 와카가 한 수만으로는 아주 적은 내용 밖에 표현할 수 없다는 사실에서 파생된 하나의 방법이라 할 수 있겠습니다.

일반적으로 한시가 작자의 '자아주장'을 당연한 조건으로 하는데에 비해 와카는 오히려 작자의 '자아소거自我消去'를 자연스럽게 유도하는 시라고 해도 과언이 아닙니다. 시인은 자기 자신을 없애고 무엇을 찾으려고 하는 것일까요? 시인은 자신을 주장하는 대신, 주변의 자연환경 속으로 스스로 녹아들어가 '자아'를 초월하고 '자연'과 합일하려는 것은 아닐까요? 게다가 제가 이 강의를 통해서 이야기하려고 하는 고전와카의 세계에서는, 시인들이 속한 사회 그 자체가 아주 엄격한 질서로 통제되어 있어 개인의 미의식이나 취미의 다양성이 존중받거나 자기주장을 하기에 매우 어려웠습니다. 400년이나 계속된 헤이안시대는 후지와라가의 지배하에 있었기 때문에 다른 가문출신은 물론, 후지와라가 사람조차도 돌출된 행동이나 표현을 좀처럼 허용하지 않는 일종의 동질화 사회였습니다. 여기에서도 우리는 와카의 시적표현에 자기주장이 부족한 원인을 찾아 볼 수가 있을 것 같습니다.

그런데 이 문제를 남성시인과 여성시인으로 나누어서 생각해

볼 때, 적어도 작품만으로 판단하는 한, 동질적인 미학의 범주를 벗어난 시인은 남성보다 오히려 여성 쪽에 많았습니다. 그 이유는 여성이 남성보다 외부사회와 접촉할 기회가 적어 체면이나 지위에서 오는 제약에 그다지 신경 쓸 필요가 없었고, 또 그녀들의 주된 관심사가 극히 사적인 연애나 결혼, 결혼으로 인한 생활의 변화 등이어서 보다 순수하게 희로애락이나 깊은 고독감을 와카와 같은 짧은 시 속에 표현할 수 있었기 때문일 것입니다. 감정표현에 역점을 두고 보면 와카에서는 오히려 여성이 남성보다 뛰어난 경우가 많았던 것 같습니다.

　나중에 여성시인들을 논할 때 다시 말씀드리겠습니다만, 와카에 있어서 여성의 역할이 아주 컸던 데에는 이와 같은 이유가 있었습니다. 그렇기에 만약 와카의 역사에서 여성작가들을 빼 버린다면 그것은 심장을 빼고 인체를 논하는 것과 마찬가지인 것입니다. 그 당시 여성시인들이 일본시가사에 중요한 역할을 했다는 사실은 중국이나 유럽 여러 나라의 시 역사에서는 찾아보기 힘든 현상으로, 일본 전통시가의 특성이라고 할 수 있겠습니다.

3

이제부터 스가와라노 미치자네의 작품에 대해서 간단히 소개하겠습니다. 천 년 전에 도달한 일본 한시의 세계를 조금이나마 전할 수 있다면 다행입니다. 앞에서 말씀드렸듯이 일본 독자들도 미치자네가 어떤 시를 썼는지 아는 사람이 매우 드뭅니다. 그저 그는 무서운 복수의 신 또는 수험생들의 신으로 유명할 뿐인데 저는 이 점을 무척 유감스럽게 생각합니다.

먼저 소개할 작품은, 친구이자 학문적으로는 미치자네의 제자였던 기노 하세오紀長谷雄에게 보낸 시입니다. 이 시의 짧은 서문은 동시대 학자들의 타락상을 다음과 같이 질타하고 있습니다.

요즘 학자들을 보면 공적인 자리나 사적인 모임에서 토론은 많이 하는데 학문의 근본도리에 대한 확고한 신념이 없기 때문에 말에 깊이가 없고 가볍다. 그렇지 않은 사람들은 그저 주색에 빠져 추태를 부리고, 서로 매도하고 모욕하면서 상대방을 끌어내리는 데만 열중하고 있다. 그래서 나는 이 시를 지어, 자네에게 시 짓기를 권하고자 한다.

그리고 미치자네는 다음 시를 기노 하세오에게 보냈습니다.

풍류에 빠져 학문을 그만두곤 하지만
사방에 대학자 많으니 참으로 괴이해라
일에 대해 물어보면 마음을 굴리는가 의심하고
경전을 논하면 말 잘하는 자만 귀하게 여기네
달 아래선 취하지 말고 깨어있게나
꽃 앞에선 홀로 노래 부르지 말고

훗날 시흥詩興이 적어질까 근심하지 말게
천자의 은택은 깊고도 깊으니까

風情斷織壁池波

更怪通儒四面多

問事人嫌心轉石

論經世貴口懸河

應醒月下徒沈醉

擬噤花前獨放歌

他日不愁詩興少

甚深王澤復如何

이 시의 마지막 줄은 미치자네 자신이 탁월한 관료였다는 사실을 상기시켜줍니다. 그는 기노 하세오를 향해, 학문에 매진하고 뛰어난 시재詩才를 보이면 반드시 천황의 은덕을 입을 것이라고 격려하고 있습니다.

이 시에서 미치자네가 말하려고 한 내용을 와카와 같은 서정시로 표현하기는 매우 어렵습니다. 여기에는 속물학자들에 대한 날카로운 비평과 자신을 그들과 구별하면서 믿는 바를 주장하려는 명확한 의지가 들어 있습니다. 이것은 한시 형식을 사용하면 가능하지만 와카 같은 짧은 시형으로는 불가능한 일입니다.

다음 시는 미치자네의 전혀 다른 면을 보여줍니다. 이른 봄에

일본시가의 마음과 민낯

궁중에서 열린 연회에서 춤추는 무희들의 나긋나긋하며 요염하고
매혹적인 자태를 묘사한 시입니다.

곱디고운 무희들 왜 옷조차 무거운 듯 가녀린 걸까?
허리에 봄기운 가득 머금어 그렇다고 속여 말하네
화장 지워져 화장함 여는 것도 나른해 보이고
문을 나서는 걸음걸이 수심이 가득
어여쁜 눈길은 바람에 물결이 이는 듯
춤추는 몸짓은 맑은 하늘에 눈이 날리는 듯
꽃 사이로 해 저물고 음악소리 그치자
멀리 엷은 구름 바라보며 처소로 돌아가네

紈質何爲不勝衣
謾言春色滿腰圍
殘粧自嬾開珠匣
寸步還愁出粉闈
嬌眼曾波風欲亂
舞身廻雪霽猶飛
花間日暮笙歌斷
遙望微雲洞裏歸

소장관료 스가와라노 미치자네가 득의만면하여 궁정생활의 미

와 퇴폐를 만끽하는 모습이 잘 나타나 있습니다. 하지만 미치자네는 이 시를 쓴 얼마 후에 사누키의 지사로 4년간을 지방에서 보내게 됩니다. 순조로운 엘리트 코스에 뜻밖의 암운이 감도는 기분이었을 것입니다. 그는 그곳에서 슬픔과 고독을 많은 시 속에 담았을 뿐만 아니라 난생 처음 접한 고달픈 서민생활의 애환을 시로 표현했습니다. 학문의 기쁨과 괴로움, 궁정생활의 퇴폐적 분위기와 미를 노래하던 시인에게, 이렇게 현실적인 새로운 소재가 생겼습니다.

　　대표작의 하나로 「한조 10수寒早十首」라는 제목을 가진 열 편의 연작시가 있습니다. 제목이 '한조'인 이유는, 열 편 모두 첫 줄에 "누가 먼저 추위를 탈까"라는 시구가 있기 때문입니다. 여기서 그는 겨울이 왔을 때 어떤 사람들이 맨 먼저 추위로 허덕이게 되는가를, 열 가지 직업 또는 입장으로 나누어서 읊고 있습니다.

누가 먼저 추위를 탈까?
추위는 빠르네, 쫓겨 돌아온 유랑인에게
호적을 보아도 새로 온 사람 없는데
이름을 물어 옛 신분 헤아릴 뿐
수확이 적어 고향은 척박하고
떠도느라 모습이 가난하구나
자비로운 정치로 품지 않으면
떠도는 유랑인 늘어만 나리

일본시가의 마음과 민낯

何人寒氣早

寒早走還人

案戶無新口

尋名占舊身

地毛鄕土瘠

天骨去來貧

不以慈悲繫

浮逃定可頻

　여기에서 묘사되는 것은 조세나 강제노동에 시달리다 곤궁에 빠져 타국으로 도망간 사람이, 거기서도 정착을 못하고 마지못해 다시 고향으로 돌아온 상황입니다. 호적을 찾아보아도 이름은 없고 그는 이제 유랑인이 될 수밖에 없습니다.

누가 먼저 추위를 탈까?

추위는 빠르네, 약초꾼에게

종류를 구분하고 약성을 판별하여

나라의 부역을 이로써 충당하네

때가 되면 약초를 잘만 캐지만

병들어도 가난하여 치료하지 못하네

약초 하나가 조금만 부족해도

가혹한 매질 견디기 어렵네

何人寒氣早
寒早藥圃人
辨種君臣性
充傜賦役身
雖知時至採
不療病來貧
一草分銖缺
難勝箠決頻

　귀한 약초를 재배하는 약초원에서 일하는 노동자는 중병을 앓아도 자신이 가꾸는 약초 한 포기조차 자유롭게 쓸 수 없었습니다. 「한조 10수」는 이 밖에, 타국에서 사누키로 몰래 들어오는 유랑인, 아내를 잃고 아이와 어쩔 줄 몰라 하는 노인, 부모를 잃은 고아, 겨울이 되어도 홑옷 차림으로 역에서 역으로 짐을 나르는 마부, 배로 짐을 옮기는 수부水夫, 조세를 내기 위해 물고기를 잡는 어부, 시코쿠 해안의 특산물이었던 소금을 직접 만들어 팔러 다니는 소금 장수, 나무꾼 등 모두 겨울 추위가 혹독하기만 할 사람들을 묘사하고 있습니다.

　여기에 등장하는 거의 모든 사람들이 조세 부담에 허덕이는 가난한 이들이라는 사실에 주목해야 합니다. 미치자네는 바로 그 조세를 징수하는 측의 대표자였으니 그가 사누키에서 목격한 현실이 얼마나 큰 충격이었는가를 이 시들은 잘 말해 주고 있습니다.

일본시가의 마음과 민낯

이런 가난한 사람들을 바라보고 그 삶의 실태를 파악하는 것은 미치자네 같이 높은 지위에 있는 관리에게나 가능한 일이었을 것입니다. 그러나 대체로 높은 자리에 있는 관리들은 가난한 사람들에게 동정심이나 공감을 갖기 쉽지 않은데, 스가와라노 미치자네는 그런 의미에서 유례를 찾기 힘든 관리이자 시인이었습니다. 왜냐하면 높은 지위를 가진 관리이면서 서민들의 입장에 선 미치자네 같은 시인은 그 이전이나 이후 어느 때에도 없었고, 또 이런 시를 쓸 만한 능력을 가진 시인은 더더욱 없었기 때문입니다.

미치자네는 사누키에서 본 현실을 가슴에 간직하고 다시 교토로 돌아갑니다. 이후 그는 우다 천황에게 발탁되어 이례적인 속도로 출세를 합니다만 마음속에는 모순된 감정이 소용돌이치고 있었을 것입니다. 사누키에서 민중의 가혹한 삶의 실태를 직접 본 이상, 이 시인관료는 상류귀족으로서의 영화를 진정으로 누리기는 어려웠을 것입니다. 그런데도 우다 천황과 다이고 천황의 뜻에 따라 이례적으로 빠른 출세를 하게 됩니다.

미치자네의 출세가 다이고 천황의 뜻이었던 만큼, 다이고 천황이 후지와라가의 무서운 음모 때문에 미치자네를 믿지 못하게 되었을 때 모든 것은 하루아침에 무너져 버렸습니다. 미치자네는 우다 천황에게 도움을 청했고 우다는 그를 파멸의 길에서 구출하려고 노력했지만 쿠데타를 막지는 못했습니다. 모든 것을 잃은 미치자네는 서쪽 변방 다자이후의 폐가와 다름없는 곳에서, 소지품이라고는 그가 존경해 마지않는 백거이와 두보의 시집 몇 권 밖에 없는 생활을 하게 됩니다. 그때 그의 나이가 57세였고 2년 후에 세상을 떠납니다. 이 때 쓴 시는 39편으로, 현존하는 미치자네의 시가 총 514편인 것을 본다면 몰락 후의 작품은 전체의 10퍼센트도 채 안 되는 셈입니다. 그러나 몇 편의 장편 시 등 진정한 걸작으로 평가받는 작품이 이것들 중에 포함되어 있어, 스가와라노 미치자네를 불후의 시인으로 만들고 있습니다.

미치자네는 만년의 작품에서 주변의 비참한 생활상을 상세하게 묘사합니다. 그리고 무고한 죄를 뒤집어쓴 데 대해 분노하면서 자신의 비운을 한탄합니다. 또 처자식을 그리워하며 주변의 황량한 풍경과 자신의 외로움을 되풀이하여 묘사합니다. 역시 무고한 죄로 억울하게 죽어간 의로운 친구를 통절하게 애도하고, 불교에서 구원의 길을 찾으려고 해도 마음의 평안을 얻을 수 없음을 개탄하는 등 자신의 생활을 생생하게 묘사하고 있습니다.

더군다나 그의 시는 시 형식에 충실하고 백거이 등 당시唐詩를 풍부하게 인용함으로써 고전주의 시의 모범이라고 할 만한 고아高雅함을 지니고 있습니다. 가슴이 찢길 만큼 비참한 내용과 형식의 안정감의 공존은 스가와라노 미치자네가 도달한 시적 업적의 위대함을 보여줍니다.

장편시 전편을 소개하기는 어려우므로 장편시의 일부 또는 짧은 시를 조금씩 인용하면서 미치자네의 만년의 삶을 엿보도록 하겠습니다. 다음은 일상생활의 한 장면입니다.

일본시가의 마음과 민낯

누구와 더불어 이야기 나눌까

홀로 팔 베고 잠이나 잘 뿐

푹푹 찌는 지루한 장마

아침밥도 아예 짓지 못 했네

부엌 가마솥엔 물고기가 헤엄치고

계단의 개구리 시끄러이 울어대네

시골 아이가 푸성귀 갖다 주고

종놈은 멀건 죽 쑤어 주네

與誰開口說

唯獨曲肱眠

鬱蒸陰霖雨

晨炊斷絶煙

魚觀生竈釜

蛙咒聒階甎

野豎供蔬菜

廝兒作薄饘

　그가 사는 관사는 오랫동안 방치되어 있던 폐옥인데 거기서 그는 때 맞춰 밥 지어 먹을 의욕도 없이 우울한 나날을 보내고 있습니다. 동네 아이들만이 채소를 갖다 주거나 위가 약한 미치자네를 위해 가벼운 식사를 만들어 주기도 합니다. 그런데 묘사력이 참

대단해서 천 년 전에 추방당한 대시인의 생활상이 그대로 눈앞에 떠오르는 것 같습니다.

이런 생활 속에서 미치자네는 교토에 남아 있는 아내의 편지만을 애타게 기다리고 있습니다만 아내도 자유롭게 편지를 보내기는 어려웠을 것입니다. 어느 날 아내가 '약 종자'라고 쓴 봉지에 생강을 넣어 보내 주었습니다.

집에서 온 편지를 읽다.

소식 적막한지 석 달 남짓
바람 따라 편지 한 통 날아왔네
서쪽 문의 나무는 누가 뽑아 가고
북쪽 정원엔 남이 와 산다 하네
생강 싼 종이엔 '약 종자'라 쓰였고
다시마 든 바구니엔 '재에 올릴 음식'이라 쓰였네
아내와 아이 춥고 배고프단 말은 없지만
그래서 도리어 슬프고 괴롭네

讀家書

消息寂寥三月餘
便風吹著一封書

일본시가의 마음과 민낯

西門樹被人移去

北地園教客寄居

紙裏生薑稱藥種

竹籠昆布記齋儲

不言妻子飢寒苦

爲是還愁懊惱余

감동적인 시입니다. 우리는 시를 통해 정치범 가족들의 괴로움을, 마치 현재 상황처럼 생생하게 느낄 수 있습니다.

미치자네가 다자이후에서 귀양살이를 하는 동안, 그가 신뢰하던 벗 후지와라노 시게자네藤原滋実가 다자이후와 정반대 방향인 일본 동북지방의 끝자락 오슈奥州에서 갑자기 세상을 떠납니다. 시게자네는 비리와 맞싸운 강직한 관리로 알려져 있는데 아마 그 때문에 거꾸로 부하에게 원한을 사 미심쩍은 죽음을 당한 것 같습니다. 슬픈 소식을 접한 미치자네는 큰 충격을 받아 시게자네의 죽음을 한탄하는 장편시를 썼습니다. 그 속에서 그는 동국東国지방에 파견된 관리들이 비리로 사욕을 채워서 중앙에 있는 권력자들에게 뇌물을 건네고 그 결과 몇 년 후에는 교토로 돌아와서 출세하는 모습을 다음과 같이 묘사합니다.

돌아와 자리를 나란히 앉고

궁정에서 서로 눈짓을 주고받네
예전에 들인 비용 갚아주기 위해
이곳만 추구하고 원칙은 내던지네
상관 중에 강직한 자 있다면
비분강개 안할 수 없지
마땅히 밝게 규찰하여
저 파렴치한 꺾어놓으리
그 도둑놈 도리어 주인을 증오하니
주인 목숨 잃고서야 그 내막 알겠네

歸來連座席
公堂偸眼視
欲酬他日費
求利失綱紀
官長有剛腸
不能不切齒
定應明糾察
屈彼無廉恥
盜人憎主人
致死識所以

미치자네는 이 시의 마지막 두 줄에서 정의를 지켰다는 이유로

일본시가의 마음과 민낯

거꾸로 악인에게 원한을 사서 마침내 살해당하는 윗사람의 비극적 운명을 그리고 있습니다. 죽은 후에 비로소 그 내막을 알게 되는 이는 바로 미치자네의 친구 후지와라노 시게자네입니다만, 그의 이미지 속에는 말할 나위도 없이 미치자네 자신의 모습이 투영되어 있습니다. 미치자네는 동국지방에서 비명非命의 최후를 맞이한 벗의 비극적인 운명을 빌어 더 큰 음모로 인해 규슈로 유배된, 자신의 격앙된 감정과 분노를 폭발시키고 있습니다.

위정자의 비리와 부패를 탄핵하는 정치적 성향의 시는 미치자네의 작품 중에서 많은 편은 아니지만, 저는 바로 이와 같은 시가 일본시가사에 존재했다는 사실이 중요하다고 생각합니다. 근대 이후 정치적, 사회적 주제의 시가 적지 않게 씌어졌지만 시로서의 예술적 가치가 높은 작품이 그리 많지 않습니다. 이에 비해 근대 이전의 일본시가사에서는 스가와라노 미치자네의 작품을 제외하면 이와 같은 주제를 다룬 시는 보이지 않습니다. 분명 이 시기에 시를 쓴 정치가나 무사는 꽤 많았으니 이 사실은 커다란 수수께끼같아 보입니다.

일본시가사는 스가와라노 미치자네 이후 한시에서 와카로 주류가 ― 매우 단기간에 극적으로 ― 이동했으며 바로 그 과정에 우다 천황과 다이고 천황이 주요한 역할을 했습니다. 동시에 앞에서 말씀드린 바와 같이 와카는 섬세한 미적 감각의 연마를 끝없이 추구하면서 정치적 또는 사회적 주제를 구체적으로 서술하는 한시와는 전혀 다른 길을 걷게 됩니다. 그리고 대부분 후지와라가 출신 귀족이었던 정치가들도, 무력으로 승리한 후에는 귀족문화를 동경해서 모방하려고 애쓴 무사들도, 와카의 섬세함과 세련미를 미적 이상으로 삼았습니다. 그러니까 그들의 시는 당연히 정치나 사회문제와 일절 관련이 없었을 테고 혹 관련이 있어도 어디까지나 그것은 내적 감정에 관한 것이었습니다.

이러한 역사적 배경을 살펴보면 미치자네의 시가 정당한 평가를 받지 못했던 이유가 명확해집니다. 그가 사용한 시의 형식이 중국 전래의 한시였다는 사실은 확실히 그 원인의 하나였습니다만, 이런 시를 쓸 수 있었던 이유도 역시 한시라는 형식을 채용했기 때문이었으니 미치자네는 모순 그 자체를 살다간 시인이었다고 할 수 있습니다. 말하자면 스가와라노 미치자네는 한시와 와카 사이에 깊게 벌어진 골 그 자체였습니다. 천 년이 지난 지금, 미치자네를 이 심연으로부터 반드시 소생시켜야 합니다. 그것은 일본의 시가를 생각할 때 매우 중요한 일이라고 저는 확신합니다.

일본시가의 마음과 민낯

제2장

기노 쯔라유키 紀貫之와
「칙찬와카집 勅撰和歌集」

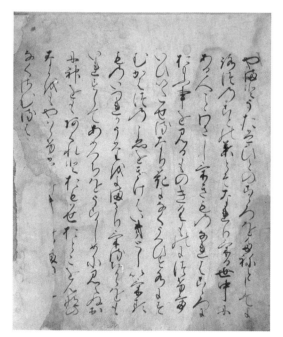

『고금와카집』 서문

1

저는 앞장에서 일본 고대 최고의 시인 스가와라노 미치자네의 한시와, 유배자로서 비장한 최후를 마치기까지의 영광과 실의의 인생에 대해서 말씀드렸습니다. 미치자네는 10세기 초인 903년에 59세의 나이로 세상을 떠났습니다. 그로부터 2년 후인 905년, 다이고 천황의 명에 의해 최초의 칙찬勅撰와카집『고금와카집』(약칭『고금집』)이 만들어집니다. 『고금집』(1,100수 수록)의 완성연도에 관해서는 학설이 엇갈리고 있습니다만, 고대 일본 최고最古의 와카집 『만엽집(만요슈)万葉集』(4,500수 수록)을 이은 두 번째 와카 선집으로 권위가 매우 높습니다.

『만엽집』은 약 350년 동안 만들어진 작품들이 여러 사람의 손에 의해 오랜 기간에 걸쳐 편찬된 것으로 8세기 중반에 최종적으로 완성되었으리라 추정됩니다. 따라서『만엽집』과『고금와카집』사이에는 약 150년의 시차가 있는 셈입니다. 특별히 눈에 띄는 와카선집이 장기간 나오지 않았던 이유는 중국문명의 영향을 받아 대부분의 관료, 지식인들이 — 스가와라노 미치자네가 그 전형적인 예입니다 — 오로지 한자로 한시나 한문을 짓고 있었기 때문입니다.

일본의 9세기는 헤이안시대라 불리는 400년 — 대체로 평화로웠던 시기였습니다 — 의 초기 100년에 해당합니다. 물론 헤이안시대의 지배체제는 서서히 변화해갔습니다만 정계에서 압도적인 힘을 과시한 사람들은 앞에서 거듭 말씀드린 대로 수많은 고대 호족 가운데 특히 세력이 강해진 후지와라 일족이었습니다. 후지와라 일족은 천황과의 혼인관계를 유력한 발판으로 삼아 정계를 완전히 장악했습니다.

후지와라가의 시조는 후지와라노 가마타리藤原鎌足(614~669)입니다. 무인정치가인 그는 후에 덴치天智 천황으로 즉위하는 황자 나카노오에中大兄를 도와, 조정의 최대 라이벌 소가蘇我가를 멸망시키고 조정과 천황을 중심으로 하는 중앙집권국가의 기초를 만드는 데에 크게 공헌하였습니다. 가마타리의 아들 후지와라노 후히토藤原不比等는 아버지의 대를 이어, 보다 견고한 중앙집권국가체제를 구축하기 위해 형법과 행정법 등 기본법 율령律令을 잇달아 제정했습니다. 율령에 의해 운영되는 제도를 '율령제'라 하는데, 7세기 중반부터 10세기까지 약 300년에 걸쳐 고대 일본을 강력히 지배한 중앙집권적 국가체제가 이렇게 확립되었습니다.

후히토에게는 각기 능력이 뛰어난 아들 사형제가 있었는데, 그들이 후지와라 4가四家를 수립합니다.[1] 특히 '북가北家'라 불린 차남 후사사키房前가에서 우수한 정치가가 많이 나와 헤이안시대를 이끌어가는 주도적인 역할을 합니다. 이와 더불어 후히토에 관해서는 그의 딸 고묘시光明子가 쇼무聖武 천황의 황후가 되었다는 사실에 특히 주목해야 할 것입니다. 그 이전까지 황후가 될 여성은 황

---

1   제1장 각주 11, 17쪽 참조.

  일본시가의 마음과 민낯

족출신으로 한정되어 있었는데, 고묘시가 황후가 되면서 그 철칙이 무너져 버렸기 때문입니다. 어릴 때부터 총명했다는 고묘시는, 황후가 된 후에도 불교에 귀의해서 복지시설을 세우는 등[2] 빈곤과 병에 시달리는 사람들을 위해 힘썼습니다.

황족이 아닌 후지와라가에서 황후가 나오면서 일본 정치체제에 매우 커다란 변화가 일어납니다. 그 변화란 후지와라가가 그 후 대대로 자신들의 가문에서 태어난 딸들을 앞 다투어 황후나 후궁으로 입궐시키게 되었다는 사실입니다. 천황과의 혼인으로 황태자가 탄생한 경우, 황후의 아버지는 다음 천황의 외할아버지가 됩니다. 그리고 제위에 오른 천황이 아직 어릴 경우 ― 천황이 장년의 나이에 퇴위해서 상황上皇이 되면 대개 그 아들이 어린 나이에 천황으로 즉위하게 됩니다 ― 외할아버지가 천황 대신 '섭정(셋쇼)攝政'으로 직접 정치를 돌보았습니다. 절대적 권력이 이렇게 새 천황의 외조부에게 주어졌습니다. 또 천황이 이미 성인이 되었는데도 후지와라가의 실세가 천황을 대신하여 정무를 집행하는 경우도 있었습니다. 이것을 '관백(간파쿠)關白'이라 하고, 섭정과 관백을 합해서 '섭관제(셋칸세이)攝關制'라고 부릅니다. 후지와라가는 이 섭관제도를 거의 독점하면서 절대적인 권력으로 군림했습니다.

초기에는 섭정이나 관백을 두지 않는 경우도 있었습니다. 그 좋

---

2   고묘 황후는 가난한 사람들을 위한 시설인 비전원非田院과, 아픈 사람들을 위한 의료시설 시약원施薬院을 설치해서 빈민, 고아 등을 보호하고 치료하는 자선을 베풀었다.

은 예가 스가와라노 미치자네가 정치가로 활약했던 우다 · 다이고 천황 때 입니다. 우다 천황이 미치자네를 발탁하고, 대를 이은 다이고 천황도 부친의 뜻을 이어받아 미치자네를 후지와라 가문의 제일인자 도키히라에 필적하는 자리에 두었습니다. 두 천황은 이와 같이 미치자네를 중용함으로써 후지와라가의 전제체제를 약화시키고 천황이 직접 정치를 할 수 있는 가능성을 넓혀 보려고 했습니다. 그러나 이미 말씀드렸듯이 이러한 기도는 후지와라가의 강한 저항에 부딪혀 허망하게 무너지고, 미치자네는 파멸하고 맙니다.

2

후지와라가는 이렇게 차츰 세력을 확장했습니다. 그들은 천황을 최대한 받드는 한편, 실질적으로는 섭관제도를 이용하여 정치 · 문화 등 사회 전반으로 자신들의 권위를 높여갔습니다. 여기서 주목할 것은 후지와라가에서 시인, 화가, 산문작가 등 많은 예술가가 나오면서 후지와라가는 단지 정치 지배자로서만이 아니라 문학이나 예술의 뛰어난 창작자, 후원자로서도 많은 역할을 했다는 사실입니다.

그런데 후지와라가와의 경쟁에서 패배한 가문들 가운데에도, 시인으로서 존경 받는 사람이 적지 않았다는 사실 또한 주목해야 합니다. 특히 시가와 예술을 사랑하는 천황이 후지와라가에게서

일본시가의 마음과 빛낯

정치적, 문화적 주도권을 되찾으려고 하던 시기에는 지위가 낮은 중하류귀족도 시적 재능이 뛰어나면 문화계에서 각광을 받았습니다. 이것이 바로 최초의 칙찬와카집『고금와카집』이 편찬된 당시의 상황이었습니다.

칙찬와카집 편찬을 가능케 한 최대의 원동력 역시 우다 · 다이고 천황 부자의 뜻이었다는 사실이 매우 중요합니다. 왜냐하면 우다 천황은 아시다시피 스가와라노 미치자네를 발탁한 당사자였기 때문입니다. 천황은 유학자이며 한시인인 미치자네의 재능에 아주 깊은 경의를 표했으며 그 뜻은 아들 다이고 천황에게 그대로 이어집니다. 그러면서도 동시에 우다 천황은 와카도 깊이 사랑했습니다.

이상하게 들릴지 모르겠습니다만, 그 이유 중 하나는, 천황이 글쓰기에 뛰어나고 지적인 여성들에게 관심이 많았기 때문일 수도 있습니다. 후궁[3]에는 후지와라가를 비롯한 상류귀족의 자녀가 열네 명이나 입궁하였으며 그중에는 스가와라노 미치자네와 후지와라노 도키히라의 딸도 있었습니다. 열네 명 중에 적어도 세 명이 와카를 짓는 가인이었고, 그중에서도 특히 이세伊勢라 불린 여성은 재능과 용모가 뛰어난, 그 시대를 대표하는 가인이었습니다. 그녀는 천황 곁을 떠난 뒤 어느 황자와 결혼해서 딸을 낳았는데, 이 딸도 나중에 나카쯔카사中務라 불린 유명한 가인이 되었습니다.

---

3 후궁은 후비后妃 등이 거처하는 내전을 뜻하며, 또 그곳에 사는 황후, 중궁, 여어(뇨고)女御, 갱의(고이)更衣 등 후비를 이르는 총칭이기도 하다.

사실 우다 천황의 후궁이 다른 천황들에 비해 특별히 더 많은 것은 아니었습니다. 다이고 천황은 열여섯, 그리고 무라사키 시키부, 세이 쇼나곤, 이즈미 시키부 등이 모신 이치조一条 천황은 여섯, 또 일본 고대 시가사에 있어서 예술후원자 그리고 가수, 시인으로 뛰어난 업적을 남긴 고시라카와後白河 천황과 고토바後鳥羽 천황은 열일곱, 열세 명이나 되는 후궁들을 각기 총애했으니까 말입니다. 그 가운데에는 시나 노래 또는 춤에 뛰어난 사람들이 있었는데, 이 사실은 궁의 여성이 갖춰야 할 자격에는 미모만이 아니라 시가 창작이나 노래 부르기, 춤 등의 재능까지 포함되어 있었다는 증거가 됩니다.

여기서 말하는 시가란 말할 것도 없이 남자의 문자로 쓴 한시가 아니라 여성이 쓰는 문자 즉 가나를 사용한 와카였습니다. 후지와라가가 정계에서 주도권을 잡는 데 결정적 요인이 된 섭관체제에서 후궁들은 필연적으로 중요한 존재였습니다. 그래서 와카가 한시 대신 각광을 받으며 화려한 중앙 무대에 오르게 된 것입니다. 이렇게 최초의 칙찬와카집이 편찬될 조건이 갖추어졌습니다.

엄격한 율령제도와 규벌[4]정치인 섭관제도를 섞은 일본 고유의 정치형태가 만들어지면서 정치도 이제 더 이상 중국의 제도를 그대로 모방할 필요가 없어졌습니다. 유학자 스가와라노 미치자네

---

4 규벌閨閥은 혼인에 의해 맺어진 사적私的인 관계를 중심으로 한 이해利害 집단이다.

일본시가의 마음과 민낯

의 실각은 이런 큰 변화를 상징하는 사건이었습니다. 미치자네보다 30세나 아래인 기노 쯔라유키의 화려한 등장은 10세기 초에 일어난 대전환, 즉 중국(당나라)숭배에서부터 자국 존중으로, 한시문에서 와카와 가나문자문학으로, 상류귀족이 주도하는 문화에서 중하류귀족이 이끄는 문화로의 전환, 말하자면 스가와라노 미치자네로부터 기노 쯔라유키로의 전환을 상징하고 있습니다.

기노 쯔라유키와 세 명의 중하류귀족은 와카 짓기가 뛰어나다는 이유로 천황에게서 『고금와카집』을 편찬하라는 명을 받습니다. 영광스러움과 동시에 막중한 책임감에 떨면서 임무를 수행했을 그들이 마침내 와카집 편찬사업을 끝마쳤을 때의 감격은 정말 그 누구도 상상 못 할 정도였을 것입니다. 그때까지 1세기 동안 궁중의례에서의 공적 언어는 토착 언어인 야마토 코토바가 아니라 중국문자로 된 한자와 한문이었습니다. 그런데 남녀의 비밀스러운 연애감정을 주고받는 수단으로 사용될 뿐 공적인 자리에서는 읊지 못했던 와카가, 천황의 절대적 권위에 힘입어 갑자기 공적으로 인정받고 궁전이라는 화려한 무대에 출현하게 된 것입니다. 왜냐하면 '칙찬'이란, 바로 '천황이 뽑았다'는 뜻이기 때문입니다.

기노 쯔라유키가 가나문자로 쓴 『고금와카집』의 서문은 가집歌集 편찬의 기쁨을 매우 자랑스럽게 표현하며 한시에 대한 와카의 승리를 선언하고 있습니다. 그 후 『고금와카집』은 20세기 초까지 천년에 걸쳐 시가를 비롯한 일본의 예술과 풍속현상에 관한 미의식의 기준이 되었습니다. 그리고 쯔라유키의 가나 서문은 사람들이

기회가 있을 때마다 참조하는 미학의 기본이 되었습니다. 시가론은 물론 다도, 꽃꽂이, 향도,[5] 음악, 무용, 노,[6] 교겐[7] 그리고 무도武道에 이르기까지 각 분야의 지도자들은, 자신들이 의지할 정신적 지표를 항상 『고금집』의 서문 또는 『고금집』 중의 와카 속에서 찾았습니다. 그리고 같은 맥락에서 그들은 『고금집』 뒤에 편찬된 각 시대의 대표적 칙찬와카집도 본보기로 삼았습니다.

그러자 기노 쯔라유키는 자연스럽게 와카의 절대 권위자가 되었습니다. 그의 권위는 근대에 들어와 마사오카 시키正岡子規가 와카혁신운동[8]을 일으켜 거침없이 도전할 때까지 약 10세기에 걸쳐 확고부동했습니다. 여기에는 기노 쯔라유키 작품자체의 가치보다 '칙찬'의 권위가 더 크게 작용했을 것입니다. 하지만 실제로 시선집으로서의 『고금와카집』에는 일본어 시가의 역사에 있어서 시간이 지나도 훼손되지 않는 고전적 아름다움과 긴장감을 지닌 작품들이 많이 수록되어 있습니다.

---

5 향도香道는 향나무를 피워서 향기를 감상하거나 무슨 향인지 맞추는 놀이이다. 무로마치室町 시대에 다도茶道, 꽃꽂이 등과 함께 법식이 완성되면서 예술로 승화되었다.
6 노能는 13세기에 제아미世阿弥가 대성시킨 가면음악극으로 본격적인 일본연극의 시작이라고 할 수 있다.
7 교겐狂言은 관객의 긴장을 풀기위해 '노'의 막간에 상연되는 대사 중심의 희극이다.
8 와카혁신운동은 전통와카를 비판하고 신시대에 맞는 새로운 와카 창작을 주장한 운동이다. 마사오카 시키는 『가인들에게 주는 글』(1898)에서 그때까지 최고의 가인이라 생각되어 온 기노 쯔라유키를 '서투른 가인', 『고금집』을 형식주의에 빠진 '하찮은 가집'이라고 폄하했으며, 그에 반해 『만엽집』의 사실적인 표현방법을 높이 평가했다.

일본시가의 마음과 민낯

3

이제부터 저는 기노 쯔라유키가 쓴 가나 서문의 가장 중요한 일절을 읽어 보려고 합니다. 그것은 바로 서문의 첫 머리입니다.

일본의 와카는 사람의 마음을 씨앗으로 삼아 말로 표현한 것이다. 세상 사람들은 살아가면서 마음속으로 생각하는 것을 보고 들은 것에 빗대어 말로 표현한다. 꽃나무에서 우는 꾀꼬리나 맑은 물에 사는 개구리의 울음소리를 듣고 있으면 목숨이 있는 것 치고 노래하지 않는 것이 없다. 힘을 들이지 않고 천지를 움직이고 눈에 보이지 않는 귀신까지 감동시키며, 남녀 사이를 더 가깝게 하고 거친 무사의 마음까지 부드럽게 하는 것이 바로 와카이다.[9]

쯔라유키는 여기서 먼저 와카의 씨앗은 사람 마음에 있다고 합니다. 마음은 자연풍경이나 사물의 변화에 따라 자유롭게 변하는 말, 다시 말해 와카로 나타납니다. 이어서 그는 꽃나무에서 우는 꾀꼬리나 물에서 우는 개구리로 대표되는 모든 생물이 사람과 마찬가지로 노래를 부르는 시인이라고 합니다. 이 서문은 일본시가의 특성이라 할 수 있는 고도로 세련된 애니미즘animism(물신숭배)을 이른 시기에 표명한 주목할 만한 시론이라고 생각합니다.

---

9 『고금와카집』 서문은 「모시서毛詩序」 등 중국시론의 영향을 받았다.

쓰라유키는 흥미로운 주장을 계속합니다. 그는 와카는 "힘을 들이지 않으면서" 천지를 뒤흔들고 죽은 자의 영혼까지 감동시킨다고 합니다. 바꿔 말하면 이 조촐한 언어 구조체에 초자연적인 존재조차 흔들어 움직이는 힘이 있다는 말입니다. 이 사상은 "시는 초자연적인 존재가 특별한 능력이 있는 사람에게 영감을 불어넣어서 그 입을 통해서 전하는 초자연 자체의 뜻이다"라는 ─ 적어도 서양의 독자들에게는 친숙한 ─ 시의 개념과는 전혀 다른 생각을 나타내고 있습니다. 핵심은 사람의 마음인데, 그것은 나무 한 그루 풀 한 포기와도 쉽게 동화同化되고 새와 짐승, 벌레나 물고기와 함께 노래하는 그런 마음입니다.

여기에는 또한 와카의 형식이 5·7·5·7·7이라는 짧은 음절로 되어 있는 이유도 설명되어 있습니다. 산천초목에 공명共鳴하고 새, 짐승, 벌레, 물고기와 함께 노래할 수 있는 시형은, 단순하고 짧아야 합니다. 짧은 쪽이 풍부한 암시를 줄 수 있고 또 상대에게 호소하는 힘도 있어서 유리하기 때문입니다. 바꿔 말하면 와카는 독창적인 발상이나 천재적인 번뜩임이 절대 우위에 있다고 보지 않습니다. 물론 그것들도 중요하지만, 와카에서는 한 사람이 부른 와카에 다른 사람이나 자연계의 생물, 심지어는 무생물이 화답和答하는 관계가 더 중요합니다. 실제로 '와카和歌'의 '와和'라는 말은 야마토大和(= 일본)를 뜻하기도 했지만, 좀 더 본질적인 의미로 '목소리에 맞추어 응하다', 그리고 마음을 상대편에 맞추어 '서로 화목和睦해지다'라는 뜻이 있습니다. 상대편과 장단을 맞추어 화답하고 조화

調和하는 것이 와카라는 말의 근본적인 의미입니다.

기노 쯔라유키는 바로 와카의 이런 본질을 논하고 있습니다. 그리고 와카라는 말의 뜻이 화답하고 조화하는 것이었던 만큼 와카가 남녀 사이를 친밀하게 만들고 용맹한 무사의 마음까지 위로하는 것은 당연한 일이었습니다. 말하자면 와카의 이상은 초자연의 무서운 힘을 진정시키고 천지자연이나 죽은 자의 영혼까지 감동시키는 데에 있었습니다. 그래서 고대·중세에 와카는 가뭄이나 홍수 등의 천재지변을 막고, 만연하는 돌림병에서 사람을 지켜주는 주문으로 외워지기도 했습니다. 와카에 그런 초자연적인 힘이 있다고 사람들이 믿었기 때문입니다. 고대·중세 일본사회에서 이러한 와카에 대한 믿음은 일반서민들 사이에도 — 오히려 서민들 사이에 더 뿌리 깊게 — 존재했습니다.

이와 같은 실용적인 측면에서 와카는 서양의 시와 매우 다른 특성을 보입니다. 와카는 사람의 마음을 씨앗으로 해서 만들어지며, 궁극적으로는 조화의 원리로 초자연적인 무서운 존재까지 친근하게 만들고 인간화해 버리는 잠재적 힘을 가지고 있다고 합니다.

시가의 힘을 일본인이 이렇게 맹목적으로 믿을 수 있었던 것은 일본열도의 지리적 특수성으로 오랫동안 외국의 침략을 받지 않고 평화로운 일상을 유지할 수 있었기 때문일지도 모르겠습니다. 동시에 동남아시아 일대의 몬순 기후의 영향을 받아 여름에는 비가 많이 와서 식물이 번식하는 데에 최적의 조건을 갖추고 있는 일본의 기후도 영향을 미쳤을 것입니다. 또 봄가을 날씨는 변화가 많고 동식물의 종류도 다양하기 때문에 쯔라유키는 서문의 첫 머리에서 꾀꼬리나 개구리 소리에 대해서 언급할 수 있었습니다. 이런 관점에서 보면 일본인의 애니미즘적 자연관의 형성은 피할 수 없는 숙명이었고 그 자연관이 일본시가의 기본적 성격을 만들었다고 할 수 있을 것입니다.

4

기노 쯔라유키는 『고금와카집』 서문에서 여러 가지 관심사에 대해 이야기하고 있습니다만, 서문의 핵심은 앞에서 인용한 부분에 들어 있으므로 여기서는 더 이상 언급하지 않겠습니다. 저는 이와 같은 생각이 와카만이 아니라 일기, 이야기, 수필 같은 산문이나, 다도, 꽃꽂이처럼 일상생활을 예술로 승화시키는 '생활예술', 제례祭礼를 비롯한 모든 연중행사의 기본바탕을 이루고 있다고 생각합니다. 그리고 이런 사고가 역대 칙찬와카집에 공통되는 기본 편집이념이기도 했다는 사실을 강조하고 싶습니다. 인간의 '와和'를 추구하는 마음이 궁극적으로 초자연의 무서운 힘도 부드럽게 하고 서로 조화시킨다는 것, 그리고 그렇게 하기 위해 가장 존중해야 할 수단이 와카라는 것, 이것이 칙찬와카집의 공통되는 이념입니다.

말하자면 이것이 바로 천황이 통치의 이상으로 삼아야 할 이념

일본시가의 마음과 민낯

이었습니다. 물론 현실적으로는 약 천 년 동안 — 귀족 후지와라가 가 실권을 잡은 400년간과 그 후 무가武家가 지배한 600년간 — 천황은 거의 모든 시기에 있어 전권을 장악하지 못했고 귀족이나 무가가 권력을 대행했습니다. 하지만 이들 귀족이나 무가도 군사적으로는 아무런 힘이 없는 최고통치자인 천황의 권위를 공공연히 부인한 적은 없었습니다. 천황의 권위는 현세적이면서 동시에 신성하고 절대적으로 여겨졌기 때문에 오히려 천황의 정신적 권위를 이용해서 자신들의 당위성을 주장해 왔다고 할 수 있습니다. 그렇기 때문에 천황이 중심이 되어 칙찬와카집 편찬사업을 추진했다는 사실은 큰 의미를 지닙니다. 와카 자체가 이미 말씀드린 바와 같이 신성한 힘이 있다고 간주되었기 때문입니다. 그래서 귀족도 무가도 칙찬와카집 편찬에 적극적으로 협조하였습니다.

그 대표적인 인물이 14세기 전반에 무로마치막부室町幕府[10]를 열어 초대장군이 된 무장 아시카가 다카우지足利尊氏입니다. 그는 난세亂世의 영웅이지만 근대 일본에서의 일반적 평가로 보면 오히려 책략가, 반역자라는 어두운 이미지가 강합니다. 그러나 그는 실제로는 와카, 렌가를 사랑하고 자신도 우아한 와카를 많이 지었으며 또 『신천재와카집(신센자이와카슈)新千載和歌集』이라는 칙찬와카집 편찬의 원동력이 된 가인이기도 했습니다. 그리고 그가 연 무로마

---

10 무가武家정권이 정치를 하는 관청 또는 무가정권 자체를 '막부'라 한다. 무로마치막부는 아시카가 다카우지가 1336년 교토에 열었다.

치막부는 끊임없이 계속되는 전란 속에서도 약 200년 동안 노, 렌가, 중국식 수묵화, 다도, 꽃꽂이 등의 예술을 보호하고 발전시켰으며, 또 선불교 사원을 거점으로 한 문화, 그중에서도 특히 정원문화[11]의 발달에 크게 공헌했습니다.

『고금와카집』 서문에서 기노 쯔라유키가 내세운 '와和'는 귀족뿐만 아니라 무사들도 자신들이 추구할 이상이라 생각했었다는 사실을 알 수 있습니다. 쯔라유키가 말한 와카의 본질은 단순한 시가론의 틀을 넘어 제왕도, 쇼군도 모두 존중해야 할 원칙, 천지만물 모두에 공통되는 평화공존의 원칙을 간결하게 표명한 것이라 할 수 있습니다. 여기서 우리는 500여 년에 걸쳐 21명의 천황 아래에서 칙찬와카집이 연이어 편찬되어 온 근본이유를 찾을 수 있습니다. 즉 칙찬집은 단순한 시가집이 아니라 천황과 그 배후에 있는 실제 권력자들의 치세가 풍요롭고 평화로운 시대임을 알리는, 정책으로서의 측면을 가지고 있었던 것입니다.

---

11 일본의 정원은 중국과 한반도에서 들어온 도교나 불교의 영향을 받으면서 발달했다. 헤이안 시대에는 정토사상淨土思想의 극락을 나타내는 정원이 만들어지고 무로마치시대 이후 선불교의 영향으로 독특한 가레산스이枯山水(물을 사용하지 않고 흰 모래와 돌로 산수를 표현한 정원)가 사찰 등에 만들어졌다. 또 다도가 유행하기 시작했을 때에는 다실茶室에 통하는 공간으로서의 정원이 만들어지는 등 독자적인 발전을 보였다.

일본시가의 마음과 민낯

5

　물론 그렇다고 해서 칙찬와카집이 모두 뛰어난 시가집이었다고
는 할 수 없습니다. 그 첫 번째 이유는 진부한 반복이 많다는 데에
있습니다. 31음절밖에 안 되는 시형으로는 창의성이 풍부한 독창
적 작품이 그렇게 많이 나올 수가 없습니다. 그래서 와카에 관해
서는 짧은 시형에 풍부한 내용을 담으려는 시도가 일찍부터 되풀
이되어 왔는데, 그 대표적인 방법의 하나가 '옛 와카 인용하기(혼카
도리)本歌取り'입니다. 이것은 많은 사람들이 걸작이라고 인정하는
옛 와카의 일부를 의도적으로 따와서 자신의 작품을 구성하는 방
법입니다. 이것은 유명한 옛 와카를 인용함으로써 작품을 읽는 혹
은 듣는 사람에게 그 작품과 함께 또 하나의 유명작품의 잔향이나
여운을 느끼게 하는 효과를 노린 것입니다. 그렇게 하면 작품을
감상할 때의 정취가 오버랩되어 보다 풍부해집니다. 그런데 이때
차용하는 와카는 반드시 유명한 옛 와카가 아니면 안 되었습니다.
왜냐하면 옛 와카를 인용하고 있다는 사실을 독자가 모르면 표절
에 지나지 않기 때문입니다. 옛 와카의 인용은 명작의 표절이 아
니라 거꾸로 그 작품에 대한 색다른 오마주hommage(찬사)이며, 다
시 새롭게 태어나게 하는 작업이기 때문에 대상이 되는 와카는 누
구나 잘 아는 작품이어야 했습니다.
　사람들이 옛 와카의 인용을 많이 했다는 것은 당시 일본의 귀족
들이나 교양 있는 남녀가 유명한 와카를 암송하고 있었다는 놀라

운 사실을 입증하고 있습니다. 어떤 때는 31음절 속에 동시에 옛 와카 두세 수를 인용한 신작 와카가 훌륭한 작품이라는 평을 받기도 했는데 그것은 작가만이 아니라 그런 묘기를 이해하고 칭찬할 줄 아는 우수한 독자들이 없었더라면 불가능한 일이었을 것입니다.

작가와 독자가 만드는 이 농밀한 문학적 공간, 이것이 바로 칙찬와카집의 전통을 이어오게 한 환경이었다고 할 수 있습니다. 여기서 작가는 바로 독자이기도 했습니다. 그 경우 31음절의 짧은 시형이 많은 옛 와카를 암송하는 데에 오히려 도움이 됐다는 사실을 간과할 수 없습니다. 서양 사람들이 상상 못할 '옛 와카 인용하기' 같은 창작법이 오히려 작가와 독자가 바람직한 시적 교양을 가지고 있다는 사실을 서로 증명하는 수단이 된 것도 바로 이 때문입니다. 말하자면 시를 짓고 감상하는 일이 세련된 사교의 한 방식이었으며, 공동성의 원리 위에 성립하는 '와카경시대회'[12]나 '렌가', '렌쿠'라는 일본 특유의 시가제작, 그리고 감상법이 이런 문학적 환경 속에서 자라났습니다.

---

12 와카경시대회(우타아와세)歌合는 주어진 제목에 따라 가인들이 좌우로 나뉘어 와카를 겨루는 행사이다.

일본시가의 마음과 민낯

6

　대표적인 칙찬와카집인『고금와카집』에 수록된 작품을 소개하
기에 앞서, 일본어는 언어 자체에 극히 미묘한 뉘앙스가 풍부하다
는 사실을 먼저 지적해 두어야겠습니다. 특히 가장 일본어다운 특
징이 있는 조사나 조동사는 독립된 의미가 없어서 번역할 때 어려
움이 많은 품사입니다. 조사나 조동사는 명사, 동사, 형용사 등과
연결되면서 다채로운 의미를 나타내고 또 풍부한 뉘앙스를 지닌
표현을 합니다. 말할 나위 없이 와카는 조사나 조동사가 그 특성을
가장 잘 발휘하는 문학영역이고『고금와카집』이 그 대표적인 예
입니다.『고금와카집』의 와카는 극히 미묘한 소리의 울림이 합쳐
져서 연주하는 실내악, 또는 복잡하게 교차하면서 섬세한 문양을
만드는 아라베스크의 선과 같은 것이라 할 수 있겠습니다. 이런 점
에서『고금와카집』보다 300년 후에 편찬된『신고금와카집(신고킨와
카슈)新古今和歌集』이나 그것보다 110년 또는 140년 후에 편찬된 말기
칙찬와카집을 대표하는『옥엽와카집(교쿠요와카슈)玉葉和歌集』,『풍아
와카집(후가와카슈)風雅和歌集』은 명사, 동사, 형용사 등의 역할에 더
큰 무게를 두어 의미와 이미지가 한층 더 명확합니다.

　그러면 번역이 비교적 쉽고『고금와카집』의 특징을 잘 나타내
는 와카를 소개해보겠습니다. 두 수 모두『고금와카집』을 대표하
는 가인의 작품으로, 널리 알려진 와카입니다. 먼저『고금와카집』
제3권, '여름' 부의 마지막을 장식하는 오시코치노 미쓰네凡河内躬恒

작품에 대해서 말씀드리려고 하는데, 이 와카의 제목은 「음력 6월 그믐에 읊은 노래」입니다. 이 와카가 '여름' 부 마지막에 놓인 것은 음력 6월 30일이 여름의 마지막 날이기 때문입니다. 『고금와카집』을 비롯한 칙찬와카집의 편집지침은 이와 같이 사계절을 노래한 와카를 엄밀히 책력의 순서에 따라 수록한다는 것입니다.

음력 6월 그믐에 읊은 노래	みな月のつごもりの日よめる
여름가고	夏と秋と
가을 오는	行きかふ空の
하늘 길엔	かよひ路は
한 켠에만	片方すずしき
바람 시원히 불겠지	風や吹くらむ

이것은 무더운 여름이 지나고 마침내 기다렸던 가을이 온다는 즐거운 상상을 노래한 와카입니다. 핵심은 "계절이 교체하는 바로 그 순간, 여름과 가을이 마주 지나가는 하늘의 통로에서는 한쪽에만 시원한 바람이 불기 시작했을 것"이라는 상상에 있습니다. 여름과 가을은 어느 날 갑자기 단번에 바뀌는 것도 아니고 하늘에는 계절이 교체하는 길이 있는 것도 아니므로 이 작품은 소박한 공상의 산물이라 할 수 있습니다. 그런데도 이 와카가 왠지 매력적인 이유는 하늘에 마치 무지개다리 같은 상상의 길이 생겨서 여름과

일본시가의 마음과 민낯

가을이 서로 손을 흔들면서 한쪽은 떠나고 한쪽은 모습을 나타내는 동적인 이미지가 선명히 떠오르기 때문입니다.

또 이 와카는 당시 일본의 교양인들이 책력이라는 새로운 지식에 대해 강한 호기심을 가지고 있었음을 보여주기도 합니다. 책력에 대한 관심이란 바꿔 말하면, 시간의 경과에 대한 관심입니다. 헤이안 귀족들은 항상 삶을 '지나가는 것'이라는 이미지로 파악하고 있었습니다. 성자필쇠, 회자정리, 영고성쇠[13]야말로 변함이 없는 인생의 진리라고 생각하는 사상은 불교 교리에서 일본인이 받아들인 가장 중요한 인생관이었습니다. 인간의 삶과 죽음, 사회 속에서의 개인의 운명, 연애의 결말, 어느 것에 대해서도 확고하고 불변하는 것보다는 잠시도 원래 자리에 멈추어 있지 않는 무상無常의 이미지를 일본인은 선호했습니다. 그것은 일종의 페시미즘 Pessimism(염세주의)임과 동시에 스러져가는 것에 대한 아름다움의 발견이기도 하였습니다. 사람들은 데카당스 D'ecadance(퇴폐주의)와 함께 멸망하는 것에 대한 애착을 가지게 되었는데 이것은 일본적 미의식의 중요한 요소의 하나입니다. 하지만 잘 알려진 이 주제에 대해 깊이 들어가기보다 지금은 오시코치노 미쯔네 작품의 순수하며 자유로운 공상을 중시하고 싶습니다. 다시 돌아가서 작은 시

---

13 '성자필쇠盛者必衰'는 '지금 세력이 있는 자도 반드시 쇠퇴할 때가 온다', '회자정리会者定離'는 '만나는 사람은 언젠가 헤어져야 할 운명에 있다', '영고성쇠栄枯盛衰'는 '세상의 모든 것은 아무리 번영해도 언젠가 쇠퇴할 때가 온다'는 뜻이다.

형 속에 부는 시원한 바람의 행방을 따라가 보도록 하겠습니다.

이 와카가 '여름' 부 마지막에 놓인 이유는 제4권 '가을' 부의 첫머리에 놓인 다음 와카를 보면 더 명백해집니다. 입추에 지었다는 제목이 있는 후지와라노 도시유키藤原敏行의 와카입니다.

입추에 읊은 노래	秋立つ日よめる
눈으로 시원스레	秋來ぬと
볼 수 없지만	目にはさやかに
바람 소리에	見えねども
가을 왔음을	風のおとにぞ
홀연 깨닫네[14]	おどろかれぬる

일본인에게는 잘 알려진 가을이 왔음을 알리는 이 와카는, 여름의 종언을 고한 오시코치노 미쯔네 작품에서 — 마치 릴레이 선수가 앞 선수에게 바통을 건네받는 것처럼 — 계절의 바통을 받아 가을의 제1주자로 달리기 시작합니다. 늦여름 와카에 불고 있던 바람이 이 초가을 와카에도 여전히 불고 있습니다. 게다가 이 바람은 우연히 감지되는 미묘한 소리로 찾아온 첫 가을바람입니다. 아

---

14 [원주] 'おどろく'는 '퍼뜩 눈치 채다', 또는 '갑자기 느끼다'라는 뜻이다. '놀라다'라는 뜻보다 '눈치 채다'가 첫 번째 뜻.

일본시가의 마음과 민낯

직 눈에 보이지는 않지만, 조용히 불기 시작한 바람 속에 한 무리
의 선선한 바람이 섞여있을 뿐인데 예민한 귀가 "아, 가을바람이
다!" 하고 그것을 느낍니다.

7

여기서 중요한 사실이 밝혀집니다. 그것은 보통 시각보다 더 미
묘하고 파악하기 어려울 것 같은 청각이, 와카에서는 시각보다 한
층 더 매력 있는 감각으로 환영받고 있다는 사실입니다. 다시 말
하면 헤이안시대 가인들은 남녀 모두 지금 눈앞에 현실적으로 보
이는 것보다 오히려 멀리서 들리는, 볼 수 없는 것의 기척에 민감
했습니다. 그리고 그것은 그들의 생활 형태와 밀접한 관련이 있었
을 것입니다. 왜냐하면 대개의 경우 그들의 생활권은 좁게 한정되
어 있어서 눈으로 확인하는 것보다 귀로 듣는 것이 삶에 큰 영향을
미쳤기 때문입니다. 소문은 지금과는 비교가 안 될 정도로 사람들
을 움직이는 힘이 있었으며, 특히 남녀관계에 있어서는 들리는 말
에 언제나 주의를 기울여야만 했습니다. 시각보다 청각에 한층 더
예민해야 할 필요가 있는 생활형태가 조금 전에 인용한 것 같은 작
품을 탄생하게 한 것입니다.

특히 귀족이나 부유층 여성의 행동범위는 극히 한정되어 있었
습니다. 그녀들은 집 안채 깊숙한 곳에 기거해야 했던 만큼 연애

에도 어려움이 많았습니다. 얼굴 한 번 본 적 없는 남자들이 소문만 듣고 연애편지를 보내는 일도 흔했으며, 신분이 높고 부유한 양친 슬하에서 고이 자란 규수의 경우 그런 구혼자가 동시에 여러 명 나타나 경쟁하는 일도 많았는데, 이것은 당시의 사회구조 자체에 그 원인이 있었습니다. 이미 앞에서 여러 번 말씀드린 바와 같이 헤이안시대는 후지와라가를 정점으로 한 율령관료제도가 엄격히 지켜지던 시대여서 능력이 있어도 관직의 급격한 승진은 어려웠습니다. 가문에 따라 사회적 지위가 정해져 있어서 야심을 품어도 실현될 가능성은 거의 없었습니다. 스가와라노 미치자네의 이례적인 출세와 그 후의 비극적인 결말은 당시 사람들에게 일종의 교훈이 되었을 것입니다.

때문에 남자로서 바랄 수 있는 출세의 현실적 수단은 다름 아닌 결혼이었습니다. 유력한 귀족의 딸과 결혼만 하면 입신출세도 꿈은 아니라고 생각하는 사람들이 많았는데, 그 소원이 도덕적으로 반드시 비난받을 일은 아니었습니다. 웃지 못할 사건도 자주 일어나기는 했지만 결혼은 재능과 건강과 운 그리고 외모에 자신이 있는 젊은 귀공자라면 도전해 볼 만한 '사업'이었습니다.

그때 그들은 틀림없이 사랑의 와카 짓기에 많은 고심을 했을 것입니다. 상대는 소문만 듣고 얼굴도 본 적이 없는 상류귀족의 규수이고 그녀에게 접근하는 유일한 수단이 사랑의 와카를 편지로 보내는 것이었기 때문입니다. 서투른 와카로는 사랑을 전할 수 없으니 이것은 대단히 부담스러운 작업이었을 것입니다. 와카에 능

일본시가의 마음과 민낯

숙하지 못한 남자들에게 큰 도움이 될 예문이 많이 수록되어 있어서, 칙찬와카집은 이런 점에서도 무척 소중한 텍스트였습니다.

이와 같이 와카는 상대편의 마음을 움직이고 설득하기 위한 실용적 수단이자 무기였습니다. 그것은 단순히 시적 재능을 선보이는 장이 아니라 경우에 따라서는 목숨을 걸고 상대방의 마음을 사로잡는 도구가 되기도 했습니다. 와카는 남녀 사이, 그리고 궁정 귀족을 비롯한 사회 여러 계층 사이에서 사교의 도구로 현실적인 효용이 매우 컸습니다. 와카가 극도의 감각적인 세련미에 도달한 것도 단순히 문학적인 의미에서가 아니라 오히려 이러한 실용성 때문이라고 생각합니다. 와카의 실용성에 관한 이런 생각은 일반적인 견해가 아닐지도 모르지만 저는 그렇게 확신합니다.

지금도 많은 일본인들이 와카를 사랑하고 수백만 명이 와카를 짓고 있는데 그 이유 또한 솔직히 말씀드리자면 이 시형의 실용성에 있습니다. 비교적 소수의 '가인'들이 와카를 더욱 세련된 문학으로 발전시키려고 치열한 경쟁을 벌이고 있는 것은 고대·중세와 다를 바 없습니다. 가인들이 전문 예술가로서 활약할 수 있는 것도 와카가 실용적인 문학이기 때문에 가능한 일입니다. 그 실용성을 보여주는 가장 일반적인 형태는 자신이 주재하는 잡지나 초보자를 위한 와카교실에서 제자를 지도하는 일입니다. 일일이 지도를 받으며 시를 쓴다는 것은 서양 사람들의 상식으로는 이해하기 어려울 것입니다만, 일본을 대표하는 두 가지 시형인 와카, 그리고 하이쿠에서 오히려 이 같은 정통적인 방법은 천 년 이상에 걸쳐 그 유효성이 확인되어 온 것입니다.

저는 지금까지 와카에 있어서 청각이 중요하다는 이야기로 시작하여 헤이안시대의 특이한 남녀관계가 와카와 깊이 관여되어 있다는 말씀을 드렸습니다. 실제로 와카는 일상생활에서의 실용성을 통해서 일본인의 삶에 깊이 침투했을 뿐만 아니라 미학적, 도덕적으로도 삶을 지배해왔습니다. 그래서 사람들은 와카가 가지는 주술적 힘을 더욱 굳게 믿었고 인생에 대한 자신의 생각을 표현하는 수단으로서도 와카를 중시하게 되었습니다. 그리고 와카는 스물한 차례에 이르는 칙찬와카집의 편찬으로 결정적인 권위를 가지게 됩니다.

물론 현대의 와카—그것은 1900년 이후의 혁신운동을 거쳐 지금은 '단카'라 불리는데—시인들이 헤이안시대 이래의 칙찬와카집의 권위를 그대로 믿고 있지는 않습니다. 약 백 년 전 단카가 급속히 근대화되면서 그 이전에는 신처럼 추앙받던 기노 쯔라유키와 『고금와카집』의 전통이 가차 없이 비판받았습니다. 그 결과, 그 후 60~70년 동안 기노 쯔라유키는 '무너진 우상'이었습니다.

하지만 한 30여 년 전부터 기노 쯔라유키의 업적과 역할에 대한 재평가작업이 활발해졌고, 지금은 그와 『고금와카집』에 대한 평가가 훨씬 높아져서 거의 균형을 회복해가고 있습니다.[15] 설령 기

---

15 이 강연은 1994년 10월에 있었으니 '지금부터 한 30여 년 전'은 1960년대 중반쯤을 말한다. 그러나 기노 쯔라유키 평가를 결정적으로 바꾼 것은 오오카 마코토의 『기노 쯔라유키』(지쿠마

일본시가의 마음과 민낯

노 쓰라유키나 『고금와카집』을 비롯한 칙찬와카집의 전통을 단지 근대주의의 관점에서 표면적으로 부정한다 하더라도, 그 전통을 지탱해 온 일본사회의 조직이나 가치관 그리고 풍습은 눈에 보이지 않는 거대한 힘을 가지고 하이테크놀로지의 일본사회 속에 여전히 존재하고 있습니다.

합리적으로 이해하기 어려운 초현대적인 것과 불가사의할 정도로 고대적인 것과의 결합, 그 현상은 현대 일본을 관찰하는 외국인을 자주 놀라게 하고 곤혹스럽게 만듭니다. 왜 그런 결합이 생겼는지, 그 이유를 설명하기 위해 저는 오늘 이런 주제로 강의를 할 필요가 있었습니다.

쇼보筑摩書房, 1971)이다.

제 3 장

나라奈良시대와 헤이안平安시대의 여성 와카시인

『영화 이야기榮華物語』 나라 회본奈良繪本에서

1

저는 앞에서 '와카'라는 말의 뜻을 이야기하면서 '와和'가 '사람 목소리에 맞추어 응하다', 나아가서는 상대편과 마음을 맞추어서 '서로 화목해지다'라는 뜻이라고 말씀드렸습니다.[1] 그리고 이것이 칙찬와카집 편찬이념의 근본원리가 되기도 했음을, 주로 기노 쯔라유키의 『고금와카집』서문과 관련시켜서 이야기했습니다. 이런 와카의 성격과 와카작가들 중 여성이 많았다는 사실 사이에는 밀접한 관계가 있습니다. 사람들이 살아가면서 먼저 화합해야 할 상대는 바로 이성이기 때문입니다.

와카는 원리적으로 여성 없이 존재할 수 없는 시였습니다. 왜냐하면 남성들은 사회적 관심사가 넓고 다양해서 내적 갈등도 많았기 때문에 와카에 있어서도 자신의 감정을 솔직하게 표현하기보다 자제하면서 적당히 넘겨 버리려는 경향이 있었기 때문입니다. 반면 여성들은 행동범위가 한정되어 있었던 만큼 감정표현이 진지하고 솔직해서 성실하게 자신을 직시했습니다.

어떻게 보면 여성이 남성보다, 특히 사랑에 관해서 진지해야 할 조건들이 많았다고 할 수 있습니다. 여성이 쓴 사랑의 노래가 절실함이나 서정성에 있어서 대체로 남성 작품보다 빼어난 이유는

---

1   제2장 4절 52쪽 참조.

말할 나위 없이 그녀들이 그만큼 어려운 환경 속에서 사랑을 해야 했기 때문입니다. 그래서 천재적 여성시인의 경우 사랑의 와카가 인생의 요약 또는 상징이 되기까지 했습니다. 말하자면 사랑의 와카가 그대로 철학적 명상시가 되었는데, 우리는 그 예를 이 장에서 말씀드릴 이즈미 시키부의 작품 등에서 찾아볼 수가 있습니다.

2

저는 이 강의를 헤이안 초기의 한시인 스가와라노 미치자네를 논하면서 시작했습니다만, 일본시가사에는 미치자네시대 이전에도 풍요로운 와카의 시대가 이미 존재했습니다. 약 350년간에 걸친 그 시대를 단적으로 보여 주는 와카집이 8세기 중엽에 편찬된 『만엽집』입니다. 여성의 와카에 대해 논하기 위해서는 헤이안 초기의 한시문 전성시대 이전에 이미 존재했던 『만엽집』 시대의 여성가인들에 대해 먼저 이야기해야 할 것 같습니다.

『만엽집』 시대에는 최초의 위대한 여성가인 누카타노 오오키미 額田王(7세기 중엽)로부터 시작하여 고대 일본문명의 전성기인 덴표시대天平時代(729~749)의 오토모노 사카노우에노 이라쯔메大伴坂上郎女에 이르기까지 여성가인들이 많은 활약을 했는데 그중에서 한 사람을 예로 들어보도록 하겠습니다. 그 가인은 비련悲恋으로 끝난 사랑의 노래 29수를 『만엽집』에 남겨 불후의 명성을 얻은 덴표시

일본시가의 마음과 민낯

대의 가사노 이라쯔메笠女郎입니다.

가사노 이라쯔메는 와카의 주제를 왜 사랑으로 삼았을까요? 그 이유는 이라쯔메의 와카가 모두 오직 한 사람의 남성을 위해 만들어졌으며 그 남성이 바로 당시 최고의 가인이자 지식인으로『만엽집』을 편찬한 오토모노 야카모치大伴家持였기 때문입니다. 야카모치는 수십 년 동안 여러 차례에 걸쳐서 편찬된『만엽집』전 20권의 편찬 과정 중에서 가장 중요한 최종단계의 편찬을 담당한 사람이며, 고대 이래의 유력한 귀족 오토모大伴 가문 출신으로 덴표시대를 대표하는 인물이기도 합니다. 그 자신도 뛰어난 가인으로『만엽집』에 수록된 작품이 전체작품 4,500수 중 10퍼센트를 넘는 479수에 이릅니다.

가사노 이라쯔메는 야카모치를 열렬히 사랑했습니다. 그러나 주고받은 와카를 보고 추측하건대 야카모치는 적어도 열 명 이상의 여인과 사랑을 나눈 것 같고, 이유는 알 수 없지만, 만나고 얼마 되지 않아 가사노 이라쯔메를 떠나버립니다.

이미 말씀드린 것처럼 고대 일본의 귀족사회에서 와카는 남녀 간 사랑의 중개 역할을 담당했습니다. 남녀가 서로 떨어져 살았기 때문에 끊임없이 자신의 애정을 상대방에게 전하고 또 상대방의 마음을 확인하기 위해서라도 와카를 써 보내야 했습니다.

가사노 이라쯔메는 오토모노 야카모치보다 훨씬 연상으로 아주 정열적인 사람이었던 것 같습니다. 또 그녀의 와카를 보면 지적으로나, 감성적으로나 뛰어난 사람이었을 것으로 추측됩니다. 그런데 이런 조건들이 부담 됐는지, 야카모치는 곧 그녀와의 사랑에서 소극적인 태도를 취하고 맙니다. 이와 함께 이라쯔메 와카에서는 초기의 행복했던 감정이 사라지고 차츰 비통함과 초조함, 슬픔, 불안, 선잠에 보는 꿈, 노여움, 체념 등이 주제가 되기 시작합니다.

야카모치는 연인으로서 가사노 이라쯔메에 대한 흥미는 잃었지만 그녀가 보내는 와카 — 비통한 호소로 가득 찬, 그것도 자신이 버린 여자가 쓴 사랑 노래 — 에 대해서는 감동하고, 같은 가인으로서 찬탄마저 했을 것입니다. 그래서 『만엽집』을 편찬할 때 본래 자신이 비밀리에 간직하고 있어야 할 와카를 사랑의 와카로 공개해 버렸습니다.

물론 이 사실은 당사자인 가사노 이라쯔메는 전혀 모르는 일이었으니, 현대라면 저작권 침해에 해당되어 도덕적으로나 법적으로 벌을 받아 마땅합니다. 그러나 절에서 경전을 인쇄하는 것 밖에 인쇄기술이 없었던 고대 일본에서는 야카모치 자신조차 『만엽집』이 후세에 대단한 고전이 되리라고는 꿈에도 상상하지 못했을 것입니다. 결과적으로 우리는 이 냉혹한 연인의 괘씸한 범죄적 행위 덕분에 고대 일본의 사랑의 절창絶唱을 읽을 수 있게 되었습니다. 사랑이 이루어진 기쁨의 시보다 눈물과 한숨으로 점철된 비련의 시가 사람을 몇 배나 더 감동시킨다는 — 아마 인류 공통의 — 이 묘한 심리는 일본의 고대, 중세 그리고 현대 시가를 읽을 때에도 그대로 적용됩니다.

일본시가의 마음과 민낯

3

이제 가사노 이라쯔메의 와카를 소개하겠습니다. 적은 수이지만 작품을 통해 그 재능의 일부라도 보여드릴 수 있다면 다행입니다.

은밀한 내 사랑을	わが思ひを
그대가 세상에다 알리셨나요?	人に知るれや
참빗 넣어둔 함(函)이	玉くしげ
온통 열려버린	開き明けつと
꿈을 꾸었어요	夢にし見ゆる

뜻은 다음과 같습니다.

"내가 당신을 사랑한다고 혹시 당신이 사람들에게 소문을 퍼뜨리신 게 아닌가요. 빗을 고이 간직해두는 함(빗첩)을 당신이 열어버리는 꿈을 꾸었어요."

이라쯔메는 자주 꿈을 꾼 모양인데, 이 꿈의 내용은 야카모치와의 소중한 관계를 아무도 모르게 비밀로 간직해 두고 싶다는 그녀의 간절한 바람을 나타내고 있습니다. 빗은 여인들에게 아주 소중한 머리카락을 다루는 도구입니다. 그 빗을 넣어둔 함을 남자가 여는 꿈이란 연인이 자신들 사이를 남들 앞에서 자랑하듯이 떠벌리는 게 아닐까 하는 불안감, 다시 말해 믿고 있던 사람의 성실성을 의심한다는 뜻입니다.

아침안개인양	朝霧の
아련히	鬱に相見し
만난 사람이기에	人ゆゑに
이토록 죽을 듯이	命死ぬべく
사랑에 사랑을 더해가는 걸까	戀ひ渡るかも

"아침안개처럼 아련하게 만난 사람이기에 나는 이렇게 죽도록 연모하고 있습니다."

그녀는 야카모치를 틀림없이 만났을 것입니다만, 한번 헤어지면 마치 아침안개가 사방을 몽롱하게 휘감아버리듯이 모든 것이 모호해지고, 또 그렇게 만난 사람인만큼 사랑은 더 애틋해집니다. 이 와카의 전반과 후반의 대비에서 이라쯔메의 시적 수사의 비범함을 엿볼 수 있습니다.

꿈속에서 보았네	劍大刀
내 몸에 와 닿는	身に取り副ふと
검의 날카로운 칼날을	夢に見つ
도대체 무슨 징조일까	何の兆そも
그대를 만난다는 뜻일까	君に逢はむため

"훌륭한 검이 내 몸에 와 닿는 꿈을 꿨습니다. 무슨 징조일까요? 그대를 만난다는 뜻일까요?"

일본시가의 마음과 민낯

역시 꿈을 소재로 한 와카입니다. 검이 자신에게 와 닿는 꿈을 꾸었다고 여인이 스스로 고백합니다. 정신분석학자 프로이드Sigmund Freud(1856~1939)가 아니라도 이것이 성적 욕구불만과 관련이 있는 꿈임을 짐작할 수 있습니다.

모두 다	皆人を みなひと
잠자라고	寝よとの鐘は
종을 치건만	打つなれど
자꾸 그대 떠올라	君をし思へば おも
잠 못 이루네	寝ねかてぬかも い

"도읍 사람들에게 취침을 알리는 종이 울리지만 당신이 생각나 저는 잠을 이룰 수 없습니다."

도읍이란 저 유명한 고도古都 나라奈良를 말하는데, 당시는 종을 쳐서 사람들에게 시각을 알렸습니다. 이 와카에 나오는 '종'은 취침시간을 알리는 밤 10시의 종소리입니다. 불을 밝히는 기름이 귀했던 시절, 이라쯔메는 밤의 어둠을 응시하면서 야속한 연인을 그리워하고 있습니다.

날 사랑하지도 않는	相思はぬ
사내를 사랑하는 것은	人を思ふは
큰 절간	大寺の おほてら

아귀 등 뒤에다 대고　　　　餓鬼の後に

절하는 꼴이지　　　　　　　額つくごとし

"서로 사랑하는 사이가 아닌 사람을 짝사랑하는 것은 큰 절의 부처님이 발로 밟아 누르고 있는 저 초라하고 불쌍한 아귀餓鬼에게 절하는 것과 같아요. 그것도 아귀 엉덩이에다 대고."

　여기서 나오는 '아귀'란 불교에서 말하는 아귀도餓鬼道에 떨어진 중생들의 조상彫像입니다. 이 망자들은 탐욕스럽고 인색했던 삶의 업보로 뼈와 가죽만 남은 몰골로 늘 굶주림에 시달린다고 하는데, 불교조각으로서의 아귀는 부처님 발에 밟힌 모습으로 표현됩니다. 그런 아귀에게 두 손을 모아 빌어도 아무런 소용이 없고, 더군다나 뒤에다 대고 절한다면 정말 엉뚱한 짓이 됩니다. 야카모치에게 바친 사랑이 계속 무시당하자 가사노 이라쯔메는 마침내 분노를 격렬하게 폭발시키며 절연을 선언합니다.

　그런데 이 와카를 잘 주의해 보면, 작자는 의식하지 않았겠지만 해학적인 효과를 생각해서 썼음을 알 수 있습니다. 아귀에 비교한 만큼 남자를 조롱하려는 마음이 아주 강하게 담겨 있습니다. 바꿔 말하면 이라쯔메는 연인한테 버림을 받으면서도 작품 속에서는 바로 그 사람을 업신여기고 하찮은 존재로 취급하고 있습니다. 야카모치는 어떤 표정으로 이 와카를 읽었을까요? 아마 그는 화도 못내고 오히려 웃었을 것입니다. 동시에 이 엄청난 재능을 가진 여성으로부터 해방이 되어서 '후유'하고 깊은 안도의 한숨을 내쉬

일본시가의 마음과 민낯

었을지도 모를 일입니다.

야카모치는 자신의 주변에서 좋은 작품을 모아 『만엽집』 편집을 마무리하려고 했을 때, 이 재능이 비상한 여성이 쓴 와카, 다시 말해 야카모치 자신에 대한 깊은 애정과 이별의 증언인 이라쯔메의 작품들이 생각나서 그녀 몰래 『만엽집』에 수록했을 것입니다. 그녀는 이러한 사정을 전혀 모르고 마음에 깊은 슬픔을 간직한 채 세상을 떠났을 것입니다. 하지만 천여 년이 지난 오늘날, 이라쯔메는 『만엽집』을 대표하는 사랑의 시인으로 많은 사람들에게 읽히고 있습니다.

4

가사노 이라쯔메보다 약 250년, 기노 쯔라유키보다는 약 백 년 후인 11세기 초, 헤이안문화가 정점에 도달했다고 해도 과언이 아닌 이치조一条 천황의 치세에 일본시가사상 단연 뛰어난 이즈미 시키부和泉式部라는 여성가인이 등장합니다. 제1장에서도 말씀드렸듯이 10세기 말부터 11세기 전반은 우수한 여성문학자를 다수 배출한, 문자 그대로의 황금시대였습니다. 사소설의 효시가 된 『하루살이 일기(가게로 닛키)蜻蛉日記』의 저자 우다이쇼 미치쯔나노 하하右大将道綱母, 장편소설roman의 작자로 세계적 명성을 얻은 『겐지 이야기』의 무라사키 시키부, 수필문학의 선구 『마쿠라노소시』의 세이쇼나곤, 역사소설의 길을 연 『영화 이야기』의 작가로 추정되는 아카조메에몬, 그리고 사랑의 와카로 이름난 이즈미 시키부 등이 바로 이 시기를 대표합니다.

이 중 『하루살이 일기』의 작자를 제외하고는 모두 이치조 천황의 황후를 모시는 여관으로 많은 남성들과 교류하고 또 사랑을 하기도 한 재원들입니다. 모두 중류귀족, 다시 말해 후지와라가의 정계제패로 정치적 출세의 길이 막혀 학문이나 문학, 예술 세계에서 관료로서의 출세의 길을 찾으려고 한 사람들의 자녀로, 어릴 때부터 부친에게 열성적인 교육을 받아 당시로서는 이례적일 만큼 교양 있는 여성들이라 할 수 있습니다. 후지와라가를 중심으로 한 문벌정치가 배출한 의외의 부산물 중 하나가 헤이안조平安朝 여성문학의 융성이었습니다.

하지만 오랜 평화를 달성한 헤이안왕조에서도 특히 이치조 천황시대에 여성문학이 융성한 데에는 또 하나 중요한 조건이 있었습니다. 그것은 이치조 천황시대에 새로 생긴 '1제2후一帝二后'라는 제도입니다. 이치조 천황은 후지와라노 미치타카藤原道隆의 딸 데이시定子를 황후로 맞이한 후, 곧이어 미치타카의 동생 미치나가道長의 딸 쇼시彰子도 황후로 맞이합니다. 서로 사촌 간인 두 황후는 아름답고 지혜로운 여성들이었고, 그들 주변에는 당대를 대표하는 재원들이 모여서 화려한 살롱Salon을 형성했습니다.

데이시를 모신 여관 가운데 중심이 된 인물이 재기발랄한 세이쇼나곤이었는데, 그녀는 데이시 사후 아름답고도 짧았던 황후의 영화를 기리기 위해 『마쿠라노소시』를 썼다고 합니다. 이 작품은 황후와 여관들의 일상생활이 매력적으로 묘사되어 있어 무척 흥미롭습니다.

한편 쇼시를 모신 여관으로서는 무라사키 시키부, 아카조메에몬, 이즈미 시키부 등이 있는데, 이들 역시 뛰어난 문학적 재능을 보였으니 온갖 꽃이 일제히 활짝 핀 것처럼 화려했을 것입니다.

그녀들은 물론 서로 친구이자 라이벌이었지만, 무엇보다도 데이시의 살롱과 쇼시의 살롱이 최대의 라이벌 관계였다고 할 수 있습니다. 귀족남성들은 그녀들의 살롱을 자주 방문했으니 소문은 그들의 입을 통해서 순식간에 퍼져나갔습니다. 그 결과 여관들이 거두는 문학적 성과는 그녀들이 모시는 여주인의 평을 좌우하게 되었을 뿐만 아니라, 여성작가 부친들의 사회적, 정치적 명성에까지 영향을 미치게 되었습니다. 그래서 여성작가들은 겉으로는 우아한 궁정생활을 즐기는 것 같으면서도 사실은 서로 강력한 라이벌의식을 가지고 훌륭한 문학작품을 쓰는 데에 사명감마저 지니며 심혈을 기울였습니다. 그 사실은 무라사키 시키부가 일기에 쓴 다른 여성들의 작품에 대한 날카로운 비평만 보아도 짐작할 수 있습니다. 이러한 환경이 결과적으로 유례없이 빛을 발하는 여성문학작품을 탄생시키는 원동력이 되었습니다.

이치조 천황이 깊이 사랑한 데이시가 젊은 나이에 병사한 후 살롱이 해산되면서 데이시의 여관인 세이쇼나곤도 은퇴하게 됩니다. 은퇴한 세이쇼나곤이 데이시 생전의 영화를 재현하기 위해

『마쿠라노소시』를 집필한 것도 그러한 예입니다. 데이시의 부친 미치타카를 대신해서 쇼시의 부친 미치나가가 전성기를 맞이한 데에는 이런 배경이 있었는데, 쇼시가 낳은 두 황자가 잇달아 천황이 되면서 마침내 미치나가는 절대적인 권력을 갖게 됩니다.

5

이즈미 시키부가 연애사건으로 일약 유명해진 것은 바로 이와 같은 시대적 환경에서였습니다. 잘 알려진 일화에 의하면, 어떤 귀족이 이즈미 시키부에게 선물로 받은 부채를 자랑하고 있는 장면을 후지와라노 미치나가가 우연히 목격했습니다. 미치나가는 그 부채를 가로채 거기에다 '바람난 여자의 부채'라고 휘갈겨 썼다고 합니다. 이 일화는 그녀가 얼마나 수많은 연애사건으로 유명했는지 알려주는 하나의 증거라 할 수 있습니다.

이미 여러 번 말씀드린 것처럼 헤이안시대에는 남녀가 따로 살았고 생활환경이 비교적 독립되어 있어서 어떻게 보면 '자유연애 과잉시대'이기도 했습니다. 그런 시대에서조차 '바람난 여자' 즉 아름답고 바람기 많은 여자라는 별명을 최고 권력자에게 받았다는 사실은 이즈미 시키부의 염문이 세인의 관심의 대상이었음을 말해주고 있습니다. 물론 미치나가는 딸 쇼시의 시중을 드는 유명가인 이즈미 시키부를 알고 있었고 그녀의 재능을 높이 평가했었

을 테니 '바람난 여자'는 악의에서 나온 말이 아니라 오히려 친근
감을 담은 야유의 표현일 것입니다. 이 일화는 불가사의한 매력으
로 남성들의 마음을 사로잡는 이 아름다운 가인에 대한 에로틱한
관심을 미치나가가 최고 권력자답게 솔직한 방법으로 보여준 일
화라 할 수 있습니다.

이즈미 시키부가 많은 남성들과 사랑을 나누었다는 사실은 그
녀가 남긴 와카로 짐작할 수 있습니다. 그녀는 정식 결혼도 하고
후에 유명한 가인이 될 딸도 낳지만,[2] 바람을 피웠다는 이유로 그
런대로 사랑했던 남편으로부터 이혼을 당합니다. 이때의 연인은
선대 천황인 레이제이冷泉 천황의 황자 다메타카 친왕為尊親王[3]이었
으니 소문이 안 날 리가 없습니다.

이즈미 시키부의 연가를 몇 수 소개합니다.

저 세상에서   あらざらむ

떠난 이 세상   この世のほかの

추억할 수 있게   思ひ出に

한 번만 더   いまひとたびの

그대 만나봤으면   あふこともがな

---

2   이즈미 시키부의 딸은 고시키부 나이시小式部内侍라고 하며, 역시 미치나가의 딸 쇼시의 후궁
    으로 출사하였다.
3   친왕은 율령제律令制에서 천황의 형제 또는 아들을 부르는 칭호이다. 후에는 천황에게서 친왕
    칭호를 허가 받은 사람만이 친왕이 되고 받지 못하면 왕이라 불렸다.

이 와카에는 「병이 전에 없이 위중하게 느껴져 사랑하는 사람에게 보낸 노래」라는 제목이 있습니다. 뜻은 다음과 같습니다. "내가 죽어서 저 세상에 갔을 때 이 세상을 생각하는 실마리라도 될 수 있도록 당신을 꼭 다시 한 번 만나보고 싶어요."

이 와카는 죽은 후의 자신을 상상하면서 아름다운 추억으로 간직하고 싶으니 마지막으로 한 번만 만나 달라는 것입니다. 불교사상의 영향으로 사후의 세계를 상상하는 일은 당시 일반적이었는데, 이즈미 시키부는 그런 일반적 불교사상의 통념을 보기 좋게 뒤엎고 있습니다. 본래 불교적 입장에서는 한시라도 빨리 버려야 할 애욕에 대한 집착을 사후세계에까지 적극적으로 끌고 가려고 했기 때문입니다.

깊은 수심에 잠겨	もの思へば
늪가에서	澤の螢も
반딧불 나는 걸 보니	わが身より
마치 내 몸에서 빠져나온	あくがれ出づる
혼불 같네	魂かとぞ見る

이 작품도 사연이 있는데, 이즈미 시키부가 남자에게 버림받은 슬픔을 치유하고 또 사랑이 되돌아오기를 기원하기 위해 교토의 북쪽 산악지대에 있는 기부네신사貴船神社에 며칠간 묵으면서 기도했을 때의 와카라고 합니다. 뜻은 다음과 같습니다. "깊이 생각에 잠

일본시가의 마음과 민낯

겨 희미하게 꺼졌다 켜졌다 하는 물가의 반디가 눈앞의 강 위를 날아다니는 것을 보고 문득 깨달았습니다. 그것은 뭔가를 동경한 나머지 있을 자리를 잃고 내 몸에서 빠져 나와 헤매며 떠돌아다니는 내 혼 같다는 것을." 이런 와카를 보면 이즈미 시키부는 사랑에 빠진 나머지 환시자幻視者(visionnaire)가 되어 버린 게 아닐까 싶습니다.

이슬방울	しら露も
꿈, 이 세상, 환영	夢もこの世も
이 모두가 다	まぼろしも
덧없는 내 사랑에 비하면	たとへていへば
영원인 것을!	久しかりけり

이것도 「잠시 사랑한 남자에게 보낸 와카」라는 제목이 있습니다. 작품으로 추측해 보면 잠시 만난 사람이지만 이즈미 시키부는 그에게 강한 애착을 느끼고, 그렇게 짧은 만남으로는 내 사랑을 도저히 충족시킬 수 없다고 연인에게 호소하고 있는 것 같습니다. 와카의 뜻은 이렇습니다. "이슬, 꿈, 현세, 환영 이 모두가 다 허무하게 사라지는 것들이지만, 그것들조차 오래 계속되는 것이었습니다. 우리의 너무 짧은 만남에 비하면."

"내 사랑에 비하면"과 같은 논리적 표현은 원래 우아함을 이상으로 삼는 와카에서는 거의 사용하지 않습니다만, 이즈미 시키부는 그런 대담한 표현을 통해 자신의 연정을 한층 더 강렬하게 표현했습니다. 어떻게 보면 여유롭고 우아한 사랑의 와카가 사교생활의 중요한 윤활유 역할을 했던 시대에 이즈미 시키부는 목숨을 걸어도 후회하지 않을 진지함으로 사랑을 했다고 할 수 있습니다. 그녀가 많은 사랑을 한 것도 이상적인 사랑을 찾아 헤매는 영혼의 소유자였기 때문일지도 모르겠습니다. 이 절박한 사모의 정을 담은 와카를 받은 연인은 과연 어떤 답가를 보냈을까 궁금해집니다. 예의상 답가는 꼭 해야 했지만 그녀의 불같은 정열 앞에서는 기가 죽어 적당히 얼버무리고 도망쳐 버리지 않았을까 싶습니다.

사실 이즈미 시키부 작품은 헤이안시대보다 오히려 후대로 갈수록 평가가 좋아졌습니다. 이것은 희로애락을 직접적으로 표현하고 있어서 칙찬집에 들어가지 못한 와카를 모두 수록한 개인가집 『이즈미 시키부집和泉式部集』이 칙찬와카집에 수록된 작품 — 즉 격식을 갖춘 와카들 — 보다 후세에 높은 평가를 받게 된 것과 궤를 같이 하고 있습니다.

이와 관련해서 이즈미 시키부 생애 최대의 연애사건 이야기를 해야겠습니다. 그 연애 사건이란 앞에서 잠깐 언급한 다메타카 친왕의 동생 아쓰미치敦道 친왕과의 사랑입니다. 그녀는 두 명의 황자와 사랑을 나눈 셈입니다. 다메타카 친왕과 사랑한 것만으로도 대단한 일인데 말입니다. 이즈미 시키부는 남편 다치바나노 미치사다橘道貞에게 이혼당하고, 부친인 유학자 오에 마사무네大江雅致에게도 의절 당합니다. 다메타카 친왕이 약 2년 후 돌림병으로 죽고 슬픔에 잠겨 있던 그녀 앞에 나타나 처음에는 머뭇머뭇 어설프

일본시가의 마음과 민낯

게 구애해온 사람이 바로 다메타카의 동생 아쓰미치 친왕이었습니다.

이즈미 시키부는 아쓰미치의 형인 다메타카 친왕보다도 다섯 살쯤 연상이었을 것입니다. 아쓰미치가 그녀의 연인이 됐을 때 그는 스물 셋, 이즈미 시키부는 서른쯤이었을 텐데, 당초 어린 아이 취급을 했던 이 젊은 황자와의 관계는 곧 서로 열렬하게 사랑하는 사이가 됐습니다. 귀족남성들 사이에 인기 높았던 이 유명인을 열렬히 사랑한 아쓰미치 친왕은 그녀를 억지로 자신의 저택에 살게 까지 했으며 친왕의 정비正妃는 마침내 굴욕을 참지 못해 저택을 떠나버립니다.

두 사람의 연애는 당연히 도읍을 흔드는 추문이 됐지만, 그것에 반항하듯 친왕은 오히려 그녀와의 관계를 과시하는 행동까지 했습니다. 그녀는 괴롭기도 했지만 이 젊은 연인을 정열적으로 사랑했습니다. 그러나 불행하게도 진실하고 수려한 외모를 가진 황자 아쓰미치도 4년여 만에 돌연 병사해버렸으니, 그녀가 얼마나 한탄했을지 충분히 상상할 수 있습니다. 이즈미 시키부는 친왕의 죽음을 탄식하는 와카를 124수 지었는데 이들 만가挽歌는 그녀의 수많은 작품 중에서도, 그리고 일본시가사에서도 하나의 정점을 이루는 작품들이라 해도 과언이 아닙니다.

머리카락   黒髪の
흐트러진 것도 모른 채   亂れも知らず

넋 놓고 있노라니	打伏せば
사랑스레 쓰다듬어 주던	先づ掻き遣りし
그 손길 생각나네	人ぞ戀しき

　헤이안 귀족사회의 여성들은 현대와 비교도 안될 만큼 머리가 길었습니다. 그 검은 머리는 보통 잠잘 때는 단정하게 가다듬어서 베개 위에 쌓아 놓는데, 소중한 머리카락이 잠자리 위에 흩어져 있다고 하면 당연히 정사 뒤의 광경을 연상할 수 있습니다. 이 와카에서 이즈미 시키부는 연인이 죽은 후 머리카락이 흐트러진 채 넋 놓고 있으면서 내 머리를 사랑스럽게 쓰다듬어준 그 사람이 너무 그립다고 말하고 있습니다. 이렇게 죽은 사람에 대한 비애는 육체의 생생한 기억으로 연결되면서 더욱 절실해 집니다.

그대를 사무치게 사랑하는	君戀ふる
마음 산산이	心は千々に
부서졌어도	碎くれど
잃어버린 조각	一つも失せぬ
하나 없네	ものにぞありける

　여기에서도 이즈미 시키부 작품의 특징인 논리적 성격이 엿보입니다. "죽은 당신을 사랑하는 마음이 산산조각 나 버렸지만 깨진 조각 하나하나에 내 사모의 정이 담겨져 있어서 당신에 대한 사

　일본시가의 마음과 민낯

랑은 하나도 잃어버리지 않았다"는 뜻입니다.

이 세상 버리려	捨て果てむと
생각하니	思ふさへこそ
그 생각 더더욱 슬프구나	悲しけれ
그대에게 길든	君に馴れにし
이 몸이기에	わが身と思へば

　"이제 사는 보람이 없다. 절에 들어가 세상을 버리고 여승이 되고 말겠다고 생각하니 한층 더 슬퍼진다. 왜냐하면 버리려고 하는 내 육체야말로 그리운 당신이 그토록 아껴 준 소중한 육체이니까." 이 와카는 당시 다른 어떤 여성가인도 짓지 못했던, 자신에 대한 집착과 동시에 성찰이 돋보이는 작품입니다. 이와 같이 이즈미 시키부의 와카는 거의 철학의 영역에 도달합니다.

이 세상 덧없음을	はかなしと
내 눈으로 똑똑히 보았음에도	まさしく見つる
꿈결인 듯 밤이면	夢の夜を
아무 일 없이 잠을 자는	驚かで寝る
날 진정 사람이라 할 수 있으랴	我は人かは

　이 작품도 지금 말씀드린 철학적인 와카의 하나라 할 수 있겠습

니다. "이 세상이 덧없다는 사실을 나는 내 눈으로 똑똑히 보았다. 그런데도 그런 꿈같이 허무한 세상에서 나는 밤이면 아무 일 없다는 듯이 잠을 잔다. 이래도 나는 사람이라 할 수 있겠는가."

작품 마지막의 "나는 사람인가"라는 물음은 통렬합니다. 확실히 이즈미 시키부의 내면에는 또 한 사람의, 말하자면 본질적인 세계에 사는 다른 그녀가 있습니다. 그 사람이 현상現象의 세계에서 숨을 쉬는 자기 자신을 가만히 들여다보면서 "밤이 되면 태연스럽게 잠을 자는 이 여자가 도대체 사람인가" 하고 따지고 있습니다. 11세기 초에 이렇게 사색적인 연애시를 쓴 여성시인이, 세계의 시사詩史 속에 과연 얼마나 있었을까요?

6

마지막으로 저는 1201년, 49세에 세상을 떠난 것으로 추정되는 여성시인에 대해서 간단히 이야기하고자 합니다. 그녀는 출신계급이나 경력, 작품 스타일 등이 이제까지 말씀드린 가사노 이라쯔메나 이즈미 시키부와 아주 다른 쇼쿠시 내친왕式子内親王[4]입니다. 그녀는 헤이안시대 말기에 등장해 더없이 섬세한 감수성으로 고

---

4   내친왕은 천황의 본처가 낳은 공주, 또는 본처가 낳은 아들의 본처가 낳은 손녀를 뜻한다.

일본시가의 마음과 민낯

독한 영혼의 내면풍경을 마치 날카로운 애칭etching(부식동판화)의 선처럼 선명하게 그려냈습니다.

쇼쿠시 내친왕은 고시라카와後白河 천황의 딸입니다. 쇼쿠시에게는 이복형제로 오빠인 니조二条 천황과 동생인 다카쿠라高倉 천황이, 친오빠로 뛰어난 승려가인 슈카쿠守覚 법친왕法親王, 헤이케平家와의 전투에 패해 전사한 모치히토以仁 왕[5]이 있었으며 자매도 세 명이나 더 있었습니다. 외가 쪽으로 칙찬와카집에 작품이 수록된 저명한 가인이 많이 있었습니다만, 내친왕의 재능은 그중에서도 빼어났습니다.

『고금와카집』과 함께 일본시가사에 있어서 중요한 위치를 차지하는 또 하나의 시선집 『신고금와카집』이 쇼쿠시와 동시대에 편찬되었고, 이 시집에 그녀의 작품은 49수나 수록되어있습니다. 이 숫자는 여성으로는 단연 1위이며, 2위 여성시인의 작품은 29수인데 이것에 비해 꽤 많은 편이었습니다. 특별한 대우를 받아 94수나 수록된 사이교西行를 비롯한 주요 남성시인 네 명에 이어 그 다음가는 자리를 차지하고 있다는 사실은, 시집 전체를 놓고 보아도 그녀의 작품이 얼마나 높게 평가되었는가를 잘 말해주고 있습니다.

이때는 이미 헤이안시대의 정계나 문화계를 완전히 제압했던 후지와라가의 전성시대가 끝나고 지방호족 중에서 새로 일어난

---

5 법친왕은 출가를 한 친왕을 말하며, 왕은 천황일족의 남자로 친왕 칭호를 못 받은 사람을 말한다. 83쪽 참조.

무사계급이 천하를 장악하기 위해 일으킨 피비린내 나는 전란의 시대가 시작되었습니다. 물론 천황일족도 이와 같은 환경과 무관하게 살 수 없었습니다.

쇼쿠시의 아버지 고시라카와 천황은 가요歌謠 부르기를 유난히 좋아해서 헤이안시대에 널리 유행한 불교와 신도[6] 관계의 가요, 민중생활을 아주 흥미롭고 생생하게 묘사한 풍속가요를 집대성한 『양진비초(료진히쇼)梁塵秘抄』를 편찬해 커다란 공적을 남긴 사람입니다. 그러나 한편으로는 발흥하는 무가들이나 기성세력인 후지와라 가의 지도자들을 상대로 하며, 그야말로 권모술수의 한복판에서 살다간 군주이기도 했습니다.

쇼쿠시 내친왕은 백부 수토쿠崇德 천황, 오빠 모치히토 왕, 조카인 어린 안토쿠安德 천황 등 친족이 잇달아 음모나 전란에 휩쓸려서 비명悲鳴의 최후를 맞이하는 현실을 그저 지켜볼 수밖에 없었습니다. 고독하고 사색적인 여성시인 탄생의 조건은 이것만으로도 충분한데, 그녀는 또한 소녀시절부터 10년 이상, 천황일족의 수호신인 가모신사賀茂神社에서 '사이인'[7]이라는 성스러운 역할을 맡아 해야 했습니다. 사이인은 말하자면 천황을 대신해서 신에게 봉사하는 자리로 그 지위에 있는 동안은 속세를 완전히 떠나 순결한 생활을 해야 합니다. 그래서 쇼쿠시 내친왕은 소녀시절부터 여인으

---

6 신도神道는 일본민족 사이에서 발생한 고유의 신앙이다.
7 사이인齋院은 가모신사에 봉사한 미혼의 내친왕, 또는 친왕의 딸을 말한다.

  일본시가의 마음과 민낯

로서의 삶은 전혀 경험을 하지 못했으며 당연히 오랜 기간 연애할 기회도 없었습니다.

그래서 그녀가 읊은 가장 유명한 와카가 괴로운 사랑을 참고 견디는 노래였다는 사실 자체가 매우 극적이라고 할 수 있는데, 실은 이 와카는 시가의 연宴 — 당시는 주어진 제목에 따라 가인들이 와카를 겨루는 행사가 자주 열렸습니다 — 에서 그녀가 '남 몰래 하는 사랑'이라는 제목으로 쓴 픽션입니다.

'남 몰래 하는 사랑'은 결코 남에게 알려서는 안 되는 사랑인데, 중요한 것은 사랑하는 상대에게조차 그 마음을 숨겨야 한다는 사실입니다. 사랑하는 사람이 제일 먼저 내 마음을 알아주면 좋겠지만, '남 몰래 하는 사랑'에 있어서는 그 남성 또는 여성은 자신의 몸을 불살라버릴 만큼 애타게 사랑하면서도, 이 모든 것을 마음속 깊이 간직해야만 합니다. 그렇게 함으로써 상대에 대한 한없이 순수한 그리움을 지킬 수 있기 때문입니다. 사랑하는 마음은 당연히 밖으로 분출되려고 하지만 그 마음을 애써 억누릅니다. 이 모순 속에 열정적이고 아름답고 애틋한 사랑의 본질이 존재한다는 것이 '남몰래 하는 사랑'의 논리입니다.

그러면 작품을 소개하겠습니다.

목숨 줄이여	玉の緒よ
차라리 끊어질 테면 끊어져버려라	絶えなば絶えね
하루하루 살다보면	ながらへば

| 나 홀로 간직했던 사랑 | 忍ぶることの |
| 마음 약해져 드러낼지 모르니 | 弱りもぞする |

'목숨 줄'은 목숨을 잇는 무엇인가를, 그리고 목숨 자체도 나타냅니다. "내 목숨 줄이여, 뚝 끊어지려거든 차라리 끊어져 버려라. 이대로 살다가는 지금까지 힘들게 견디며 숨겨온 내 사랑을 더 이상 숨길 수 없어 사람들에게 알려지게 될지도 모르니까."

쇼쿠시 내친왕을 둘러싼 전설의 하나로 그녀보다 열 살쯤 연하였던 당대 최고의 가인 후지와라노 데이카藤原定家와 비밀리에 열렬한 사랑을 했다는 이야기[8]가 있는데, 그 전설이 전혀 근거가 없지는 않습니다. 쇼쿠시는 데이카의 아버지이자 당시 최고의 가인이었던 후지와라노 슌제이藤原俊成를 와카의 스승으로 모셨으며 슌제이의 유명한 가론서[9] 『고래풍체초(고라이 후테이쇼)古来風体抄』도 그녀의 청에 의해 씌어졌다고 합니다. 그런 관계로 데이카도 아버지를 따라, 때로는 혼자 내친왕을 방문하여 친히 이야기를 나눌 기회가 있었을 것입니다.

두 사람이 실제로 연인 사이었다는 증거는 없지만, 쇼쿠시가 죽은 후 데이카의 창작력이 급격히 떨어졌으니 어쩌면 이것이 데이

---

8 『데이카定家』라는 작품으로, 쇼쿠시 내친왕이 죽은 후 데이카는 칡넝쿨이 되어 그녀의 무덤을 휘감고 있었다고 한다.
9 가론서歌論書는 와카에 관한 평론 또는 이론서를 말한다.

일본시가의 마음과 민낯

카가 내친왕에 대해 연모의 정을 깊이 품고 있었다는 증거일지도 모르겠습니다. 적어도 그렇게 상상하게 하는 부분이 있어서 후세에 두 사람의 격정적인 사랑을 주제로 한 노能작품 등이 만들어졌습니다. "목숨 줄이여 끊어질 테면 끊어져 버려라"라는 열정적인 연가를 쓸 정도의 작자라면, 이러한 전설이 있어도 결코 이상하지는 않습니다.

내친왕의 와카를 한 수 더 인용하면서 이 장을 마치도록 하겠습니다.

이제껏 보아온 것	見しことも
아직 못 본 앞일	見ぬ行末も
그 모든 게	仮初の
찰나에 떠오르는	枕に浮ぶ
덧없는 환영일 뿐	まぼろしの內

슬프면서도 사람 마음을 사로잡는 작품입니다. "내가 지금까지 체험해 온 과거, 앞으로 어찌될지 알 수 없는 미래 그 모든 것이 찰나에 떠오르는 환영에 불과하다"는 뜻입니다. 이와 같은 시 속에서 쇼쿠시의 고독한 영혼은 자신의 내면 깊숙이 침잠하는 것처럼 보입니다. 하지만 그것은 단순히 멸망해가는 황족 여성이 숙명적으로 겪어야 할 고독에 불과했을까요?

약간 엉뚱한 연상일지 모르겠습니다만, 이 와카를 현대의 대량

살육의 전쟁터 혹은 기아와 돌림병이 만연하는 불행한 지역에서 살아남은 사람이 한 말이라고 생각해 본다면 그것은 그 나름대로 전율적인 현대 서정시가 될 것 같습니다. 이것은 쇼쿠시의 작품이 시대와 계층 간의 한계를 넘은 인간의 보편적 시각의 세계와 맞닿아 있다는 이야기가 되지 않을까요?

와카는 짧지만, 거의 한숨에 불과한 짧은 시형을 가지고도 인간의 깊은 진실을 포착할 수 있다는 사실을 이들 여성가인이 말해주고 있는 것 같습니다. 쇼쿠시 내친왕 작품에 대해서는 다음 장에서 다시 말씀드리겠습니다.

제 4 장

서경시 敍景詩

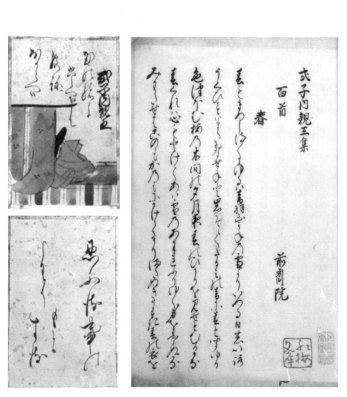

『쇼쿠시내친왕집式子內親王集』과 「백인일수百人一首」 카드

1

앞장에서 저는 쇼쿠시 내친왕 작품을 2수밖에 다루지 못했습니다만, 이번에는 쇼쿠시의 또 다른 작품들을 출발점으로 해서 일본 시가를 특징짓는 장르인 서경시叙景詩에 대해 생각해 보려고 합니다. 먼저 와카를 소개하겠습니다.

인적 없는 뜨락	跡もなき
이슬 맺힌 풀숲	庭の淺茅に
귀뚜라미	むすぼほれ
홀로 가냘프게	露のそこなる
울고 있네	松むしのこゑ

이 와카는 언뜻 보기에는 가을이 깊어 황폐해진 마당 한 구석, 이슬 맺힌 풀숲에서 가냘프게 울고 있는 귀뚜라미 소리를 묘사한 것처럼 보입니다. "인적이 끊어진 마당의 시든 잡초에 맺힌 이슬에 젖어 풀숲에서 우는 귀뚜라미의 가냘픈 울음소리여"라는 뜻입니다. 그러나 이것은 단순히 귀뚜라미의 울음소리만을 표현한 와카가 아닙니다. '인적 없는'은 발길이 끊겼다는 것, 다시 말해 연인의 방문이 끊긴 여성이 이 와카의 주인공임을 뜻합니다. 말하자면 이 작품은 겉으로 나타난 의미 이면에 남자에게 버림받은 여인의 탄식을 숨기고 있는 셈입니다. '松むし(마쯔무시, 청귀뚜라미)'는 가

을에 우는, 울음소리가 맑고 기품 있는 벌레인데, 일본어 'まつ(마쯔)'는 소나무(마쯔)와 청귀뚜라미(마쯔무시)의 '마쯔松'를 의미함과 동시에 '기다리다待つ'라는 동사의 의미도 있습니다.

따라서 이 와카의 '마쯔무시'는 동음인 '待つ蟲(마쯔무시, 기다리는 벌레)'이기도해서, 연인이 찾아오기만을 고대하고 있는 여성의 이미지를 절로 떠오르게 합니다. 또 'むすぼほれる(무스보호레루, 맺히다)'라는 동사는 이슬이 맺힌다는 의미지만, 마음이 울적해서 조금도 밝아지지 않는다는 뜻도 있습니다. 또 '이슬'이 눈물을 암시한다는 것은 일본시가의 상식입니다. 말하자면 이 와카는 잡초로 덮인 마당에서 이슬에 젖어 가냘프게 우는 벌레를 묘사함과 동시에, 청귀뚜라미의 울음소리 같이 아름답고 기품 있는 여인이 연인을 기다리면서 눈물로 밤을 지새우는 모습도 함께 묘사하고 있습니다.

좀 더 자세히 설명 드리자면, 와카는 5·7·5·7·7 즉, 31음으로 이루어진 짧은 시형이지만 이것을 최대한 풍요롭게 만들기 위해 일본인들은 낱말 하나에 2중, 3중의 의미를 부여하는 수사법을 고안해냈습니다. 자음과 모음의 단순한 조합을 기본으로 하는 일본어의 음운구조는 동음이의어가 많아 이 시법을 쓰는 데에는 안성맞춤이었습니다. 그래서 '가케코토바'[1]나 '엔고'[2] 등 와카의 독특한 기법이 생겼는데, 쇼쿠시 작품의 'むすぼほれる(맺히다)', '露(이슬)', '松むし

---

1 가케코토바懸詞는 동음이의어를 이용해서 한 낱말에 두 가지 이상의 뜻을 부여하는 서사법이다.
2 엔고縁語는 와카 등에서 표현효과를 돋우기 위해 쓰이는, 어떤 말과 의미상 관련이 있는 말이다.

일본시가의 마음과 민낯

(청귀뚜라미)’ 등은 모두 이들 수사법의 한 예라 할 수 있습니다.

이 작품과 같이 겉으로는 단순한 풍경묘사 같으면서도 실은 그 이면에 어떤 여성 또는 남성의 숨겨진 마음의 풍경을 표현하고 있는 작품은 고전와카에서는 상투적이라 할 정도로 흔했습니다. 이런 와카들은 풍경묘사만으로도 읽는 사람을 그런대로 만족시키지만 숨겨진 의미를 이해하는 사람에게는 더 깊은 비밀을 보여줍니다. 하지만 이와 같은 수사법을 사용하기 위해 자연히 많은 규칙이 생겨났고 형식주의가 팽배하면서 차츰 소박한 감동보다 유식한 사람이 교양을 과시하는 듯한 작품이 더 평가를 받게 되었습니다. 근대에 와서는 시의 기법과 시 자체 사이의 모순이 너무 커진 나머지 ‘가케코토바’ 같은, 쉽게 드러나는 수사법은 사용하지 않게 되었습니다.

하지만 쇼쿠시 내친왕의 시대에는 가케코토바나 엔고 등의 수사법이 아직 충분히 효과를 발휘하고 있었습니다. 그녀는 이러한 기법으로 허구 세계에서 사랑을 하는 여인을 묘사하고, 가을날의 벌레 울음소리와 버림받은 여인의 슬픈 눈물을 한 수의 와카 속에서 동시에 그려냈습니다. 이 경우 쇼쿠시 자신이 그 여인이 아니라도 상관없습니다. 다만 작자는 주어진 제목에 따라 여인이 처한 환경을 상상하며 그 여인에게 어울리는 풍경과 마음속의 슬픔을 짧은 와카에 담기만 하면 되었습니다. 그런데도 독자인 우리는 자연스럽게 비참하게 버림받은 여인의 모습 속에 외로운 공주 쇼쿠시를 오버랩시키면서 읽습니다.

근대적 리얼리즘문학에서는 작중인물과 작가는 당연히 동일인물이라고 생각하지만, 일본 고전와카에는 자신의 생활을 직접 서술하면서 인생관을 이야기하는 작품을 제외하면, 그런 사고방식은 거의 찾아볼 수 없습니다. '가인'이란, 상상력의 세계에서 쉽게 다른 인물로 변할 수 있는 사람을 뜻합니다. 때문에 이러한 능력을 가지고 자신의 개성적인 사상이나 감정을 작품 속에 생생하게 표현할 수 있는 사람이 높이 평가되었으며, 쇼쿠시 내친왕도 그중 한 사람이었습니다. 그녀는 '저 버림받은 슬픈 여인은 나'라고 주장할 만한 조건을 충분히 갖추고 있었습니다.

미리 주어진 제목으로 와카를 짓는 '제영題詠'은 한시에서 이어받은 시작법의 하나로 와카에서도 오랫동안 사용되어 왔습니다. 지금도 단카[3]나 하이쿠에 소양이 있는 사람들은 제영을 하는데, 특히 하이쿠에서 자주 합니다. 이 제작방법의 가장 큰 특징은 작자가 상상력에 의해 하나의 시적 현실을 언어로 만들어내는 데에 있습니다. 이 방법은 시적 기술을 훈련하는 데에 매우 효과적이지만, 이미 말씀드린 것처럼 19세기 말에 근대 리얼리즘이 주류를 이루면서 그 인기를 잃었습니다. 그러나 근대시가가 발전하기 시작하고 한 세기가 지난 지금, 리얼리즘문학의 표현기법이 정체 상태에 빠져있어서, 단카나 하이쿠 같은 전통시가에서 상상력을 자유롭게 구사할 수 있는 방법을 다시 찾아보아야 할 단계에 온 것 같습니다.

---

3 와카는 근대 이후 단카短歌라 불리고 있지만, 기본 형식은 와카와 같다.

2

여기서 저는 가을날 황폐해진 마당 한 구석 풀숲에서 우는 벌레를 그리면서도, 실제로는 그 풍경과 함께 남자에게 버림받고 슬픔에 잠겨 있는 여인의 모습도 떠올리게 하는 쇼쿠시 내친왕의 작품을 통해 와카의 이중성에 대해 조금 더 생각해보고자 합니다. 풍경 묘사가 그대로 내면세계의 묘사가 되기도 하는 작품성향은 사실 일본의 '풍경시' 또는 '자연시'라고 부를 수 있는 중요한 장르의 근간을 이루는 특성입니다.

일본시가 중 가장 잘 알려진 시형인 하이쿠는 대표적인 '자연시'입니다. 하이쿠의 중요한 존재 이유는 5·7·5라는 불과 17음의 구句 중에 적어도 하나 이상의 '기고季語'를 반드시 사용해야 한다는 점에 있습니다. 기고는 예전에는 '기다이季題'라고도 불렸으며 이 용어는 지금도 사용되고 있습니다. '기고'는 '사계절을 나타내는 말', '기다이'는 '사계절에 관한 제목'이라는 뜻입니다.

하이쿠 작품을 계절과 결부시키는 것이 바로 기다이이며 기고입니다. 예를 들어 단순히 '바람'이라 하면 기고도 기다이도 아니지만 이것을 '봄바람春風', '훈풍이 불다風薫る', '가을바람秋の風', '북풍北風' 등으로 한정하면 각각 봄·여름·가을·겨울의 기다이가 됩니다. 바람은 초여름만이 아니라 봄이나 가을에도 향긋하게 불어옵니다만, '훈풍'을 여름 기고로 정한 것은 일본인의 감각으로는 사계절을 통해 불어오는 바람 중 가장 상쾌하게 '향긋하다'고 느껴지는 계절

이 초여름이었기 때문입니다. 즉 기고(또는 기다이)는 일본열도의 기상조건에 따라 정해졌다고 할 수 있습니다. 마찬가지로 '북풍'을 겨울 기고로 정한 것은 겨울의 북풍이야말로 '북쪽에서 불어오는 바람'의 특성을 가장 잘 나타내고 있다고 생각했기 때문입니다. 말하자면 기고 또는 기다이는 문화적 차원에서 정해진 약속입니다.

'가을바람'이라는 기고에 관해서 작품을 예로 들면서 말씀드리겠습니다.

스쳐가는 가을바람	石山の
흰 돌산보다	石より白し
더 희구나	秋の風

마쯔오 바쇼[4]의 유명한 기행문 『오지로 가는 길(오쿠노호소미치) 奧の細道』(1694)에 나오는 하이쿠입니다. 기이한 모양을 한 바위가 첩첩이 쌓여있는 흰 돌산 위에 자리한, 시골 암자의 풍광에 감동해서 읊은 구입니다만, 내용은 좀 색다릅니다. 건축물이나 나무 등 풍경을 찬탄하는 게 아니라 돌산을 스쳐 지나가는 가을바람의 '흰' 색만을 강조하고 있으니까요.

뜻은 "지금 내가 마주하고 있는 돌산은 희끄무레하여 아무 것도

---

4   마쯔오 바쇼松尾芭蕉(1644~1694)는 대표적인 하이쿠 시인이다. 일본 각지를 여행하면서 많은 하이쿠와 렌쿠連句, 기행문을 남겼다. 한국에서 가장 많이 번역 소개된 시인이기도 하다.

일본시가의 마음과 민낯

없는 것 같다. 그리고 쓸쓸하게 불어오는 가을바람은 색이 없는 이 돌산보다 더 희다"는 것입니다. 바쇼는 "가을바람은 색이 없는 돌보다 더 색이 없다"고 표현하는 것만으로 한편의 시를 만들면서 자신이 '무'의 세계에 가까운 풍경에 마음이 끌리고 있음을 간접적으로 나타내고 있습니다. 결국 여기서도 바깥 세계의 풍경묘사가 그대로 시인의 내면을 상징하고 있다는 원리, 조금 전에 쇼쿠시 내친왕 작품에서 확인한 것과 비슷한 원리를 확인할 수 있습니다.

이 작품의 배경에는 중국의 전통적 색채관도 들어있어서 17음의 짧은 시를 더욱 풍요롭게 만들고 있습니다. 고대 이후 일본에 큰 영향을 준 중국의 철학적 세계관에 따르면 춘·하·추·동은 방위方位에 있어서는 동·남·서·북에 대응하고, 색채로는 청·적·백·흑에 대응하므로 가을은 '백(흰색)'입니다. 바쇼의 하이쿠는 이와 같은 색채관과 연관이 있었을 것입니다. 어쨌든 일본 서정시는 와카든 하이쿠든 외부세계의 묘사를 내면의 표현과 일체시키려고 하는 경우가 많습니다. 물론 모든 와카나 하이쿠가 항상 그랬던 것은 아니지만, 적어도 그런 경향이 뚜렷한 것은 사실입니다.

3

그런데 사실 이것은 결코 특별한 일이 아니었습니다. 거듭 강조하듯이 일본의 고전 시 형식은 짧은 것이 그 특징으로 와카는 31

음, 하이쿠는 불과 17음밖에 안 됩니다. 이렇게 짧은 시로 외부세계의 사실적 묘사만 한다면 시로서의 내용을 거의 갖추지 못할 뿐만 아니라 산문 한 문장보다도 못 할 수도 있습니다. 게다가 일본어에서는 서양의 시나 한시에는 없어서는 안 될 수사법인 '압운'[5]이, 앞에서 말씀드린 모음과 자음의 단조로운 교대라는 언어구조 때문에 중요한 역할을 하지 못합니다. 일본어에서 시를 시답게 하는 수사적 조건은 압운이 아니라 '음수율音數律'인데 이것은 일정한 음수로 리듬을 맞추는 단순한 수사법에 지나지 않습니다. 게다가 시형이 너무 짧아서 눈에 보이고 귀에 들리는 압운처럼 뚜렷이 식별되는 수사법은 별로 의미가 없습니다.

　그래서 필연적으로 와카나 하이쿠의 독창적인 시작법이 만들어졌는데, 그것은 눈에 보이는 외부세계의 사물을, 혼돈된 내부세계의 비유 또는 상징으로, 말하자면 주관과 객관의 구별 없이 표현하는 그런 시작법이었습니다. 만약 이 방법을 잘 구사한다면 와카 또는 하이쿠 같이 외견상 아주 짧은 시형으로도 다의적이고 깊은 정서를 표현해낼 수 있습니다. 실제로 고대 이후 와카의 역사를 돌이켜 봐도 시인들은 이 단순한 음율 구조의 짧은 시형을 가지고 어떻게 복잡한 정취를 담을 수 있을까를 시대마다 다양하게 고심해왔습니다. 앞에서 말씀드린 '가케코토바' 같은 기법도 바로 그런 고심

---

5 압운押韻은 시가에서 시행의 일정한 자리에 규칙적으로 같은 운을 다는 것을 말한다.

　일본시가의 마음과 민낯

의 하나라 할 수 있을 것입니다. 그렇기 때문에 와카나 하이쿠에서 '미美'는 색채나 형태만이 아니라, 쉽게 측정할 수 없는 깊이나 높이, 침투의 정도 등의 척도에 따라 판단해야 할 문제입니다.

4

이와 관련해서 일본의 시가나 일반적인 예술을 관통하고 있는 '미의 원리'에 대한 제 생각을 잠깐 말씀드리겠습니다. 눈에 보이는 모양의 아름답고 추함은 어느 정도 객관적 판단이 가능한 영역에 속합니다. 그러나 미의 깊이나 넓이, 또는 사람들이 얼마나 공감했는지에 대해서 객관적 판단을 내릴 척도가 없기 때문에 사람들은 각자 자신의 마음의 깊이나 넓이로 잴 수밖에 없습니다. 만들어진 평가기준 같은 것은 존재하지 않기 때문입니다.

대상의 아름다움은 언제나 변함없이 명쾌하게 존재하는 것이 아니라 자신의 마음의 깊고 얕음, 높고 낮음에 따라 깊어지기도 얕아지기도 하고, 높아지기도 낮아지기도 한다는 것이 일본의 전통적 사고의 방법이라고 생각합니다. 이와 같은 사고방식은 시가만이 아니라 일본의 그림, 음악, 연극 등 예술에 있어서도 그대로 적용됩니다. 그리고 이 모든 미학의 중심에 와카의 미학이 있습니다.

이런 특성을 가지는 일본의 예술에서 미를 창조하고 즐기고 감상할 때 가장 민감하게 작동하는 감각은 서양예술과는 다소 차이가 있을 것 같습니다. 일본에서는 시각이나 청각 같은 측정 가능하고 분절 가능한 감각보다는, 인체의 보다 깊고 어두운 내부에서 움직이는 촉각, 미각, 후각 등의 감각이 더 중요시되어왔기 때문입니다.

이들 감각기관은 어둠 속에서 한층 더 예민해지는 성질을 공유하고 있습니다. 촉각, 미각 그리고 후각은 시각이나 청각처럼 명확하게 분절할 수도 자세히 식별할 수도 없으며, 또 개인차도 — 미각의 개인차는 특히 — 큰 것 같습니다. 촉각, 미각, 후각 모두 어둡고 깊고 불분명한 성향을 공통적으로 가지고 있으며, 이들 감각은 잘 닦으면 한없이 예민해질 수 있는 감각이지만 정확하게 측정할 수는 없습니다. 그러나 이 모두 확실한 존재감이 있고, 어떤 의미에서는 시각이나 청각보다 더 깊이 우리를 사로잡아 움직이는 감각들입니다. 그리고 아시는 바와 같이 이 감각은 특히 사랑에 있어서 예민하게 자각됩니다.

5

저는 여기서 와카의 가장 근본적이고 중심적인 테마는 무엇보다 남녀의 사랑을 노래로 화답하는 '상문'[6]에 있었다는 사실을 다

---

6 상문相問, 소몬은 원래 소식을 주고받는 것이다. 와카에서는 내용을 분류하는 명칭의 하나로
   사용되었으며, 주로 사랑의 화답가를 이른다.

시 한 번 강조해야 할 것 같습니다. 고전와카에 있어서 사랑은 언제나 맨 먼저이면서 가장 중요한 테마였습니다만, 이번에는 바로 남녀 간의 사랑에 있어서 촉각과 미각 그리고 후각이 가장 예민해지고 활발해진다는 사실에 대해 좀 더 구체적으로 말씀드리고자 합니다.

먼저 생각해야 할 것은 적어도 와카에 있어서는 사랑과 이들 감각이 마치 쌍생아처럼 굳게 결부되어 있다는 사실입니다. 그것을 증명하는 작품은 수 없이 많지만, 여기서는 우선 유명한 다음 와카를 예로 들어보겠습니다. 이 와카는 『고금집』 '봄' 부[7]에 있습니다.

봄밤에 매화꽃을 노래하다　　　はるの夜梅の花をよめる

어두운 봄밤이여　　　　　春の夜の
알 수 없구나　　　　　　やみはあやなし
매화꽃　　　　　　　　　梅の花
모습이야 감춘다 해도　　　色こそ見えね
스며나는 향기를 어찌 감추리　香やはかくるる

오시코치노 미츠네[8]　　　凡河內躬恒

7　『고금집』은 와카를 계절이나 사랑, 축하, 이별, 여행 등 제재에 따라 분류해서 수록하고 있다. 봄 부部는 봄에 관한 와카를 수록한 부분으로, 전 20권 중 첫 두 권이 이에 해당한다.

이 와카는 매화꽃 피는, 이른 봄밤을 묘사하고 있습니다. "어두운 봄밤은 도무지 제멋대로여서 이해할 수가 없구나. 매화꽃을 어둠이 숨긴다고는 하지만 안 보이는 것은 색깔뿐, 은은하게 풍겨오는 향기가 꽃이 어디 있는지 알리고 있지 않은가"라는 뜻으로 캄캄한 밤에 한층 더 향기로운 매화꽃을 찬탄하는 노래입니다. 『고금집』에서는 '봄' 부에 수록되어 있으므로 편자들도 이 작품을 봄 노래라고 공식적으로 인정했었던 것 같습니다. 게다가 이 와카의 작자는 편자 중 한 사람이지만 편집상의 배치에 속아서는 안 될 것입니다. 분류는 하나의 기준에 지나지 않을 뿐만 아니라 공식적으로 꾸며진 겉모습보다 실제 작품내용이 더 풍요롭기 때문입니다. 사실 이것은 교묘하게 위장된 사랑의 와카입니다.

이 와카에는 그윽한 이른 봄의 매화꽃 — 매화는 벚꽃과 함께 당시 가장 사랑받은 꽃이었습니다 — 의 향기가 있고, 한편으로는 그 매화꽃을 애써 감추려고 하는 밤의 어둠이 있는데, 이것은 남자가 사모하는 젊고 아름다운 여인과 그녀에게 접근하는 것을 막으려는 사람들(그녀의 보호자인 어머니나 유모)과의 대립구도에 대한 은유입니다. 그래서 이 와카의 주인공(화자)은 "그리운 여자의 '색(모습)'은 어둠이 감추었지만 '향기'는 그녀의 존재를 잘 나타내고 있지 않은가"라면서 도저히 단념하기 어려운 연정을 호소하고, 또 동시

8 오시코치노 미쓰네凡河内躬恒(859?~925?)는 헤이안시대 전기의 가인이다.

일본시가의 마음과 민낯

에 그 여인을 찬미하고 있습니다.

또 다른 가인의 와카를 역시 '봄' 부에서 인용해 보겠습니다.

봄을 읊은 노래 　　　　　　春のうたとてよめる

안개에 가려 　　　　　　　　花の色は

벚꽃 모습은 　　　　　　　　かすみにこめて

못 볼지라도 　　　　　　　　見せずとも

그윽한 향기만은 훔쳐오라 　　香をだにぬすめ

봄 산바람이여 　　　　　　　春の山風

　작자는 나중에 출가하여 헨죠⁹라는 이름의 승려가 됩니다만, 출가 전에는 궁정사회에서 풍류지식인으로 소문난 귀족이었습니다. 이 와카의 경우도 제목에 봄노래라고 되어있는데 사실은 사랑의 노래일 것입니다. 여기서 '꽃'은 벚꽃입니다. "꽃은 아름답게 피었건만, 봄이 안개로 꽃을 가려서 그 모습을 못 보게 하고 있으니 산바람이여, 하다못해 향기만이라도 훔쳐오라"는 뜻입니다. 위의 두 작품 모두 후각을 중요하게 다루고 있는 점이 상징적입니다.

9　헨죠遍照(816~890)는 헤이안 초기의 승려이자 가인이다. 출가 전의 이름은 요시미네노 무네사다良岑宗貞. 절세의 미녀로 이름난 가인 오노노고마치小野小町와 와카를 주고받은 것으로 잘 알려져 있다.

이 와카도 역시 오시코치노 미쯔네 작품과 똑같은 구도로 되어 있습니다. 앞에서도 말씀드렸습니다만 '규방의 규수와 그녀를 지키고 있는 보호자'라는 구도는 헤이안 귀족사회에서는 아주 보편적이었습니다. 사랑하는 남자는 그 넘기 어려운 방어선을 돌파하고 규수의 '향기'를 빼앗아야 했으며 사랑의 와카도 이런 환경의 영향을 받지 않을 수 없었습니다. 대개의 경우 남자는 자신의 연정을 공공연히 전할 수 없었기 때문에, 계절 등 다른 요소로 위장하여 간접적으로 사랑을 고백하는 기법이 필연적으로 발달하게 되었습니다.

이것은 당시 남녀가 따로 살면서 남편이 밤에 아내를 찾아가 새벽에 자신의 집으로 돌아오는 생활양식이 일반적이었다는 사실과 깊은 관련이 있습니다. 남자도 여자도 배우자의 유무조차 서로 숨기는 경우가 많았습니다. 그 경우, 제삼자에게는 자신이 연애하고 있다는 사실을 숨기면서 사랑하는 사람에게만 암호 같은 말로 연정을 전달하는 편이 가장 현명한 방법이었을 것입니다. 극단적인 경우이기는 하지만, 이와 유사한 이야기는 실제로 많았고 『겐지 이야기』에서도 그 예를 곳곳에서 찾아볼 수가 있습니다.

이때 연인들이 의사소통하는 데 가장 중요한 수단은 와카의 화답[10]이었습니다. 상문이 와카의 근본이었던 것도 이 때문입니다.

10 두 사람이 서로 마음을 전하기 위해 와카를 주고받는 것.

그리고 연인들은 앞에서 말씀드린 그런 환경을 극복하기 위해 표현법을 개발하였고 그것은 점점 세련되어져 갔습니다. 예를 들어 주어를 얼버무리거나 생략하고, 사물을 직접 묘사하지 않고 비유나 암시로 나타내기도 했습니다. 또 사랑의 표현이라는 사실조차 교묘하게 숨기고 단지 계절의 풍물이나 자연을 아름답게 묘사한 것처럼 보이는 작품도 많이 창작했습니다. 오직 사랑하는 사람에게만 깊은 의미가 전달된다면 충분했던 것입니다.

더군다나 일본어는 주어가 생략되는 경우가 많습니다. 특히 헤이안시대에는 주어에 해당하는 '나는', '당신은', '그는' 등을 명확히 표현하는 경우가 거의 없었습니다. 예를 들어 서양에서라면 "나는 당신을 사랑한다"식의 문장도 일본에서는 '사랑한다'는 한마디만 해도 맥락에 따라 충분히 전달이 가능했습니다. 이렇게 짧게 압축이 가능한 일본어는 그만큼 다의적이고 여러 의미를 중첩시킨 표현을 쉽게 만들 수 있으며 그것은 당연히 암시성이 풍부한 언어표현을 가능케 했습니다.

하지만 이와 같은 특징이 어떻게 보면 일본어의 중대한 결함이라고도 할 수 있는 특성, 즉 주어가 없어지거나 애매해지는 경향을 낳았습니다. 저는 이 경향을 ─ 고전시가뿐만 아니라 근대시가나 산문도 포함해서 ─ 일본인의 표현의식 전반을 지배하는 중요한 특징의 하나라고 생각합니다. 저는 일본어의 이런 특징을 불어로 번역된 제 시작품을 볼 때마다 놀라면서 재인식하지 않을 수 없습니다.

6

　주어를 뚜렷이 제시하지 않아도 대화에 지장이 없는 일본어의 특징은 일본인의 언어의식 전체가 안고 있는 큰 문제를 암시하고 있습니다. 어떤 언어의 문법적 특징이 그 언어를 사용하는 민족의 언어의식의 반영이라고 생각한다면, 일본어의 문장구조에 있어서 주어의 존재가 희박하다는 사실은 그대로 민족으로서의 일본인 속에 주어의식이 희박하다는 사실을 증명합니다.

　지금도 우리는 주어와 관련해서 생기는 문제를 자주 경험합니다. 예외적인 사람도 있기는 하지만, 일본인이 대체로 외교상의 토론에 능하지 못하고 본능적으로 토론을 피하려는 경향이 있는 것도 이와 깊은 관련이 있다고 생각합니다. 주어를 명확히 제시해서 타자를 자신과 분명히 구별하고, 주격인 자신의 주장을 단호하게 관철시켜야 한다는 사고방식은 일본인의 언어의식 속에서는 자리를 잡지 못했던 것 같습니다.

　결국 이와 같은 언어적 특질이 와카, 그중에서도 가장 중요한 장르인 연가戀歌에 두드러지게 나타났다고 말할 수 있을 것 같습니다. 민족고유의 문화를 단적으로 잘 보여주는 것이 그 민족의 시가인데, 일본의 경우 사랑의 시가에 민족문화가 가장 잘 나타났습니다. 그런데 이미 말씀드린 것처럼, 연가가 그대로 풍경시이며 자연시였다는 점에서 일본시가는 아마 세계 어디서도 볼 수 없는 독자적인 성격을 가지고 있다고 할 수 있습니다. 뒤집어 말하면

　일본시가의 마음과 민낯

일본에서는 풍경이나 자연을 노래하는 '서경시'가, 실은 사랑하는 마음을 노래하는 '서정시'로서의 역할을 하는 경우가 많았습니다. 『만엽집』이나 『고금집』처럼 오래된, 가장 기본적인 와카 선집에 있어서는 특히 그 경향이 뚜렷합니다. 이와 같은 서경과 서정의 일체화 현상은 7세기경의 와카로부터 성행하기 시작하여 12세기 말, 헤이안시대까지 지속되어 왔습니다.

7

풍경을 그대로 풍경으로 파악하고 그 움직임과 멈춤, 빛과 그림자의 다채로운 변화, 계절의 추이 등 자연을 ─ 19세기 인상파 화가의 선구자라 해도 무방할 정도로 ─ 훌륭하게 포착해서 보여준 자연시인들이 등장한 것은 헤이안시대가 막을 내리고 무사계급이 새로운 주인공이 된 가마쿠라鎌倉시대의 13세기 말부터 14세기 전반에 걸친 시기입니다.

그들의 작품은 『옥엽와카집(교쿠요와카슈)玉葉和歌集』(1313) 및 『풍아와카집(후가와카슈)風雅和歌集』(1349)이라는 두 칙찬집에 수록되었습니다. 대표격인 교고쿠 다메카네京極為兼(1254~1332), 후시미 천황伏見(1265~1317), 후시미 천황의 비 에이후쿠몬인永福門院(1271~1342) 등은 햇빛과 공기의 상쾌한 감촉이 절로 느껴질 정도로 자연을 동적으로 파악하고 묘사한 와카를 지었습니다. 헤이안시대의 서경가

叙景歌는 작자의 내면풍경 자체이기도 하여 주관적인 면이 강했습니다만, 가마쿠라시대 자연시인들의 풍경묘사에는 새로운 시대의 바람이 불어오고 있었습니다.

이들 자연시인은 자연풍경을 주관적인 내면세계의 풍경으로 파악하지 않고 오히려 시인 자신이 정교한 카메라 렌즈가 되어 급속히 변화하는 자연계의 양상을 찍어 내려는 객관적 태도를 명확히 보여줍니다. 주관적 사고 안에 갇혀 주체와 객체의 명확한 구별을 하지 않던 서정의 시대가 마침내 끝난 것입니다. 제왕도 귀족도 새로운 시대의 격렬한 소용돌이에 휩쓸려야 했던 시대상황이 중요한 내적 요인으로 작용하여, 자연시인이 노래하는 자연은 매우 역동적이었습니다.

후시미 천황의 와카를 인용해 보겠습니다.

어두워 가는 초저녁	宵のまの
산등성이 저 너머	村雲づたひ
먹구름 틈으로	影見えて
번쩍대는	山の端めぐる
가을하늘의 번개	秋のいなづま

"가을 초저녁에 하늘을 바라보고 있자니, 여기저기 끊임없이 옮겨가는 번개가 산등성이를 돌면서 먹구름 틈사이로 번쩍이고 있다"는 뜻입니다. 원문에서 '影見えて(가게 미에테)'의 '影(가게)'는 원

래 빛을 의미했었으며, 여기서도 그런 뜻으로 쓰이고 있습니다. 번개는 한 군데에 머물지 않고 연이어 옮겨 갑니다. 이 와카는 그 빛의 변화와 움직임에 마음을 빼앗긴 시인이 자신의 주관 표현 따위에는 신경 쓸 겨를도 없이 그 정경에 몰입하고 있는 모습을 엿볼 수 있습니다.

달이 뜨려는 것일까	月や出づる
별빛이	星の光の
변한 듯하네	変るかな
바람 시원히 부는	涼しき風の
저녁하늘	夕やみのそら

이 와카도 후시미 천황의 작품인데, 이 작품에서도 역시 작자는 자연 속에 몰입하고 있습니다. 저녁하늘의 별빛이 미묘하게 변하는 것을 발견하고 "달이 뜨려는 것일까?" 하고 독백하는 데에 섬세하고 예리한 감각이 유감없이 발휘되고 있습니다. 그런데 제가 재미있게 생각하는 것은 이런 가마쿠라시대 후기 와카의 경우 헤이안시대와 달리 와카의 내용에 주석을 붙일 필요가 거의 없다는 사실입니다. 요컨대 시어의 뜻이 하나밖에 없어 배후에 숨겨진 다른 의미를 찾을 필요가 없습니다.

그것은 이들 와카가 순수하게 풍경을 풍경으로 묘사하고 있기 때문인데, 근대 이후에 등장하는 사실적 서경시가 여기서 예고되어 있습니다. 일본인에게 『옥엽와카집』이나 『풍아와카집』의 서경가는 500여 년 전의 작품임에도 불구하고 시대적 차이를 거의 느끼지 못할 정도로 친근합니다. 왜냐하면 이들 와카는 작자의 내면 깊은 곳에 있는 어둠은 언급하지 않고 외부세계를 생생히 묘사하는 정교한 렌즈가 되어, 오로지 풍경과 자연을 객관적으로 그리고 있기 때문입니다. 여기에는 주관성과 객관성이 융합해서 자아내는 깊고 어두운 내장감각[11]이라 할 만한 세계는 존재하지 않고, 명쾌한 시각이 우위에 서 있습니다.

이어서 후시미 천황의 비인 에이후쿠몬인의 와카를 보도록 하겠습니다. 그녀는 헤이안시대 말기의 쇼쿠시 내친왕과 함께 일본 시가사 속에서 확고한 지위를 차지하고 있습니다. 그러나 후지와라가의 대정치가의 딸로 비가 된 그녀는 쇼쿠시와 마찬가지로 전란이 거듭되는 시대를 살아야 했습니다. 남편인 천황이 서거한 후 얼마 안 있어 조정이 둘로 나뉘어져 서로 다투는 이른바 남북조南北朝시대가 시작되었기 때문입니다. 에이후쿠몬인 자신도 친족을 잇달아 잃으면서 무상관[12]에 깊이 빠져 듭니다. 에이후쿠몬인은 일흔 두 살까지 살았으니 당시로서는 장수한 편인데, 젊을 때의 작품도 무척 차분하고 투명한, 근원적 체념 같은 것이 느껴집니다.

---

11 내장감각內臟感覺은 두뇌로 이해하는 게 아니라 마치 창자에서 느끼는 것 같은 육체적 감각이다.
12 무상관無常観은 모든 것이 덧없고 항상恒常 변화変化한다고 보는 불교적 관념観念이다.

일본시가의 마음과 민낯

산기슭	山もとの
새소리로	鳥のこゑより
밝아오기 시작하고	明けそめて
꽃도 이곳저곳	花もむらむら
모습 보이기 시작하네	色ぞ見えゆく

"산기슭에서 새들이 울기 시작하고 날이 밝아오자 산 벚꽃도 차츰 눈에 보이기 시작합니다." 원문에서 '무라무라(무라무라, 이곳저곳)'는 어떤 부분은 어둡고 어떤 부분은 밝고 어두움에 군데군데 차이가 있음을 나타내는 말입니다. 이 와카도 후시미 천황 작품과 마찬가지로 작자는 눈을 크게 뜨고 바깥 세계의 변화에 주시하고 있습니다. 여기서 작자의 자아의식은 한없이 투명해지면서 맑은 눈길 그 자체로 변하고 있습니다. 연가에서 그랬던 것처럼 여기서도 주어의 존재는 철저히 희미해지고 있습니다.

에이후쿠몬인의 와카를 하나 더 들어보도록 하겠습니다.

싸리꽃 지는	眞萩ちる
뜨락의 가을바람	庭の秋風
서늘히 스며들고	身にしみて
석양빛은 벽으로	夕日のかげぞ
스러져 가누나	かべに消えゆく

"싸리꽃 지는 뜨락에 부는 가을바람이 몸에 서늘하게 스며들고 때마침 석양의 빛이 비치며 그 빛이 벽으로 스러져갑니다." 여기서 묘하게 인상적인 것이 "벽으로 스러져간다"는 표현입니다. 통상적인 물리현상이라면 저녁햇빛은 벽 '위에서' 차츰 엷어져서 사라져갑니다. 하지만 이 와카의 표현으로는 햇빛이 벽 '안쪽으로' 스며들어가는 의미로도 해석할 수 있습니다. 본래 고체인 벽 안으로 빛이 스며드는 일은 있을 수 없는데 시의 세계에서는 가능합니다. 그리고 '스며드는' 감각이 일본시가에서 널리 사랑받아온 감각이었다는 사실은 강조해도 될 것 같습니다. 저는 앞에서 일본의 미의식으로는 촉각이 매우 중요하다고 말씀드렸는데, 스며드는 감각이야말로 촉각 중의 촉각이라 할 수 있는 감각입니다.

다음은 마쯔오 바쇼의 『오지로 가는 길』에 나오는 하이쿠로, 널리 알려진 작품입니다.

적요하여라	閑かさや
바위에 스며드는	岩にしみ入る
매미 울음소리	蟬の聲

원래 물리적으로 불가능한 침투현상이 시적 공간에서 가능해진 좋은 예를 우리는 여기서도 볼 수 있습니다. 수목과 기암으로 둘러싸인 여름 산사山寺에서 매미가 집요하게 울고 있는데, 그 소리는 이윽고 단단한 바위 속으로 스며드는 집중력의 경지로 승화되

어갑니다. 매미 소리가 바위에 침투한다는 환상은 "현실에서는 있을 수 없는 현상도 시적 공간에서는 가능하다"는 감성의 진실을 보여주고 있습니다.

여기에 있는 것은 청정한 고요함이며, 바쇼는 오직 그 고요함에 귀를 기울이고 있습니다. 그는 여기서 듣는 행위 자체, 자기집중력 자체가 되어 무엇을 듣고 있는지 이성적인 식별을 초월한 내적 공간 속에 존재하고 있습니다. 이 내적 공간이란, 모순처럼 보이지만 일종의 집중적 방심放心의 공간, 그리고 명상의 공간입니다. 마음의 세계에는 집중과 방심이 결코 충돌하지 않고 오히려 서로의 거울이 되는 그런 공간이 확실히 존재합니다. '시인'이라 불리는 이들이 호흡하는 것은 예나 지금이나 바로 이 내적 공간 속의 공기입니다.

바쇼보다 약 300년 전의 여성가인, 천황의 배우자로서 전란의 시대를 살아가야 했던 명상적인 가인이 꼼짝하지 않고 응시하고 있었던 벽 위의 석양빛은 바쇼의 매미소리가 바위에 스며든 것처럼 벽 속으로 스며들어갔습니다. 에이후쿠몬인이 떠돌고 있었던 곳은 바쇼의 경우와 마찬가지로 일종의 집중적 방심의 공간이며 명상의 공간이었습니다.

8

저는 이번 강의의 제목을 '서경시'로 했습니다. 왜 이 제목으로 했는가 하면 종래 서양의 시학에서는 '포에지poésie(시)'를 서사시, 서정시, 극시의 세 범주로 분류하는 것을 자명한 사실로 여겼기 때문입니다. 이 분류는 일본에서도 그대로 답습되어 학생들은 '시는 서사시, 서정시, 극시로 구분된다'라고 학교에서 배우고 있습니다.

그러나 일본에는 이 범주로 분류하기 어려운 장르의 시가 많습니다. 그것이 바로 풍경 자체를 묘사하는 '서경시'라 불리는 장르입니다. '서경'보다 더 큰 개념으로 '자연시'라 명명할 수도 있을 것입니다. 저는 이 서경시 또는 자연시가 고대부터 현대에 이르기까지 일본의 모든 시 형식 중에서 언제나 중심에 있었음을 여기서 강조하고 싶습니다. 그리고 서경시 또는 자연시의 중심주제는 놀랍게도, 명확한 윤곽을 갖춘 객관적 자연묘사가 아니었다는 사실도 지적해야겠습니다. 무척 흥미로우면서도 다루기 힘든 일본 서경시 또는 자연시의 특징은 바로 이런 점에 있었습니다.

위장된 연가로서의 서경가가 일본 고대와카의 중요한 유산이 되었으며, 명상적이고 초월적인 마음의 공간으로 가는 통로로서의 서경가가 중세와카나 근세하이쿠의 귀중한 전통을 이루고 있습니다. 어느 서경가에서도 객체로서의 풍경과 자연의 윤곽은 의도적으로 모호하게 그려졌습니다. 또 사람들은 자연을 파악할 때 시각이나 청각보다는 오히려 내장감각적인 촉각, 미각, 후각 등을 중시하며, 복수의 감각들을 의도적으로 섞었습니다. 한 예를 들어 보겠습니다. 이것도 역시 헤이안시대의 가인 오시코치노 미쯔네 작품입니다. 그는 봄에 강물에 떠내려가는 꽃을 주제로 해서 다음 와카를 읊었습니다.

어둠에 숨어	やみがくれ
바위틈을 가르고	岩間を分けて
흐르는 물	行く水の
소리에조차	聲さへ花の
꽃향기 스며드네	香にぞしみける

물이 어둠 속에서 바위틈을 가르며 흐르는 것은 예리한 촉각의 세계입니다. 또 흐르는 물소리에조차 꽃향기가 스며들어 있다는 것은 청각과 후각 그리고 미미하지만 미각까지 동원한 종합적인 감각의 세계라 할 수 있습니다. 10세기 일본시인들은 벌써 보들레르의 공감각[13]과도 비슷한 감각의 종합을 실천하고 있었던 셈인데, 이것은 한 사람만의 특수한 예가 아니었습니다.

이러한 예로 봐서 일본 고전시인들의 언어의식이 꽤 이른 시기

---

13 공감각 → 공통감각共通感覺은 다섯 가지 감각기관 중 어느 한 가지만을 쓰는 게 아니라 복합적으로 쓰면서 발휘되는 지각작용이다. 보들레르의 'correspondence'는 '상응', '만물조응' 등으로 번역되고 있다.

에 고도로 발달한 탐미주의적 경향을 보이고 있었던 것 같습니다. 반면, 자타의 구별을 명확히 자각해서 오히려 타자와의 차이 속에 개성적인 자기주장의 근거를 찾고 경쟁과 투쟁을 예사로 보는 태도는, 후지와라노 데이카[14] 같은 극히 소수의 예외를 제외하면, 거의 찾아볼 수 없습니다. 물론 데이카도 항상 남과 언쟁을 벌이고 있었던 것은 결코 아닙니다.

이런 일반적 성격은 말할 나위도 없이 긴 역사과정을 거치면서 약간은 바뀌었을 것입니다. 특히 근대 이후에는 당연히 많은 변화가 일어났습니다. 일본의 근대란 뭐니 뭐니 해도 개인주의와 자기주장을 당연시하는 서양의 사고방식에서 배운 부분이 많았기 때문입니다. 그렇지만 시에 관해서 말한다면, 천 년 이상 전부터 고도로 발달되어 있었던 일본의 시가는 현대 일본인들의 언어의식까지 본질적으로 지배하고 있다고 해야겠습니다. 오늘 그 일단만을 소개한 서경시나 자연시의 오랜 전통은 주관적인 의사표시를 하는 데에 극히 인색하다는 점까지 포함해서, 오늘날까지 계속되고 있습니다.

---

14 후지와라노 데이카藤原定家(1162~1242)는 가마쿠라 전기의 가인이다. '定家'는 '사다이에'라고 읽을 수도 있다.

일본시가의 마음과 민낯

제 5 장

중세가요 中世歌謠

중세의 예인藝人 '시라뵤시白拍子'

1

일본시가를 이야기할 때 사람들은 일반적으로 와카, 하이카이[俳諧]
― 근대 이후에는 각각 단카, 하이쿠라 불립니다 ― 와 근대 자유
시에 대해 많은 부분을 할애합니다. 그리고 대다수 일본인들은 이
세 종류의 시형을 일본의 시가로 알고 있습니다. 하지만 19세기 말
까지 천여 년에 걸친 일본시가의 역사를 돌이켜보면, 이와 같은 분
류가 실제와는 많은 차이가 있다는 사실을 확인할 수 있습니다.
왜냐하면 오랜 기간 동안 귀족, 무사, 승려를 비롯한 모든 계층 사
람들에게 있어서 가장 의미 있는 시 형식은 중국시의 영향 속에서
성립하고 발전하면서 일본 지식인들에게 중요한 사상 표현수단이
된 '한시'였기 때문입니다.

'한시'는 중국인이 짓는 시뿐만 아니라 일본인이 짓는 중국식 시
를 부를 때 특히 의식적으로 사용된 호칭입니다. 가장 뚜렷한 특
징은 작품이 중국문자인 한자를 사용하고 형식면에서도 모두 중
국의 규칙을 그대로 따른다는 점에 있습니다. 다시 말해 '한시'는
일본어 입말을 표기하는 데 가장 잘 맞고 편리한 문자인 히라가나
와 가타카나를 전혀 사용하지 않고 일본인이 창작한 시입니다. 이
와 같은 시가 19세기 말까지 천 년 이상 지어졌다는 것 자체가 무
척 흥미로운 사실이지만 여기서는 한시의 의미를 재확인하는 데
그치고 화제를 바꾸고자 합니다.

일본시가에는 한시, 와카, 하이카이와 더불어 매우 중요한 장르

가 하나 더 있는데, 그것이 바로 '가요'입니다. 아시는 바와 같이 가요의 가장 큰 특징은 일정한 리듬과 멜로디가 있고 때로는 악기의 반주에 맞추어서 노래로 부르는 시가라는 것입니다.

가요는 — 대개의 경우 몸짓이나 춤과 함께 — 노래로 불렸기 때문에 표기할 때도 일본어 입말에 맞는 문자를 사용해야 했으며, 따라서 한시와 달리 일반적으로 가나문자를 많이 사용하였습니다. 또, '노래하다'라는 행위에는 규칙을 엄격하게 지키려는 속성과 동시에 형식과 내용면에서 끊임없이 규칙에서 일탈하여 새로운 시를 창조하려는 자유분방한 속성이 있습니다. 그렇기 때문에 일본가요가 긴 역사를 통해 풍부하게 변화해 온 것은 당연하다고 할 수 있습니다.

일본의 한시는 초기에 스가와라노 미치자네 같은 대시인이 있었고 그 후 약 천 년의 역사 속에서 수많은 승려와 유학자, 문인, 화가 등의 예술가, 무사와 정치가, 혁명가, 그리고 소수의 여성들에 이르기까지 각 시대마다 걸출한 개성을 가진 시인을 배출해 왔습니다. 한편 가요는 대부분 작자미상이었다는 점이 한시, 와카, 하이카이와 다른 큰 특징이라 할 수 있습니다. 사실 이 '익명성'이야말로 '근대'의 산물인 '문학사' 속에서 가요가 부당하게 낮은 평가와 천대를 받아 온 원인이라 생각합니다. 왜냐하면 근대, 특히 일본근대문학은 무엇보다 먼저 작품의 개성과 독창성을 요구했기 때문입니다. 완성된 작품 전체보다 부분에, 원숙함보다 맹아萌芽의 가능성에, 결과보다 의도에서 천재성과 독창성의 징후를 찾는 근대 일본의 낭만주의는 익명성 속에 개성의 결여, 유희적인 자의성恣意性, 진부한 전

일본시가의 마음과 민낯

근대성을 발견하고, 자아의식 확립의 욕구와는 거리가 멀다는 이유로 진지한 학문적 고찰의 대상에서 가요를 배제해 왔습니다.

근대 일본의 한계가 바로 여기에 있다고 생각합니다. 근대인들은 개성이나 독창성을 추구하면서도 익명성에 내포된 다양한 풍요로움을 충분히 이해하지 못했습니다. 그것은 일본의 근대화가 아주 짧은 기간에 서양문화와 비슷한 수준에 도달하는 것을 목표로 한 데에서 온 불가피한 부작용이었다고 볼 수 있습니다. 적어도 예술이나 문학에 있어서 근대화 이전과 이후의 문화적 전통 사이에 불모의 단절이 생긴 것은 부정할 수 없는 사실입니다. 그런 의미에서 근대 일본의 문학연구나 문학사에 있어서 가요의 위상이 부당하게 낮았다는 사실은 일본 근대문학 성과 전체를 재평가할 때 좋은 검토자료가 될 것입니다. 저는 바로 이 점에서 『양진비초(료진히쇼)梁塵秘抄』나 『한음집(간긴슈)閑吟集』을 비롯한 가요를 다시 돌아볼 필요가 있다고 생각합니다.

가요가 근대에 들어와서 그다지 중요시되지 않았던 데에는 다른 이유도 있었습니다. 그것은 뛰어난 가요를 만든 작자 대부분이 사회의 최하층에 속하는 사람들이었다는 사실 때문입니다. 그중 특히 중요한 창작층은 몸을 파는 기녀遊女, 꼭두각시인형을 조절하는 놀이꾼 등 떠돌이 예인芸人집단이었습니다. 신분은 비록 최하층이지만 그들 가운데에는 노래를 잘 부르고 악기 연주에 뛰어난 예인이 많았습니다. 그래서 때로는 천황을 비롯한 상류귀족계급이나 무사계급의 사람들이 그들의 예능을 동경하고 경의를 표하면서 스승으로 극진히 모신 경우도 있었습니다.

　가요는 개성을 초월하고 계급을 횡단하는 성격이 강하기 때문에 개성이나 자아주장을 중요시하는 근대시민사회의 가치관이 그다지 유효한 판단기준이 될 수 없습니다. 또한 가요는 부르는 때와 장소에 따라 텍스트의 일부를 적당히 바꾸기도 하고 원작을 패러디하여 다른 가요로 만들어 버릴 수도 있었으며, 그런 개작이 오히려 호평을 받기도 했습니다. 텍스트의 엄밀한 자기동일성을 요구하고 저작권의 보호를 당연시 하는 근대적 사고방식을 비웃는 듯한 자유분방함, 그것이야말로 가요의 본질적 속성이며 매력적인 특징이기도 했습니다.

2

　가요는 문자가 발생하기 훨씬 전, 사람이 언어를 사용하기 시작함과 거의 동시에 생겨났을 것입니다. 일본의 경우, 고대 유적에서 발굴된 '하니와埴輪'라 불리는 토우[1] 가운데에는 북 등 악기로 반주하면서 노래하고 춤추는 모습을 한 인형이 있어서, 이미 고대인의 신앙과 노동에 가요가 중요한 역할을 했었음을 짐작할 수 있습

1　토우土偶는 흙으로 빚어 만든 토기의 일종으로 갖가지 인물이나 동물, 기물 등을 만들어 거대한 봉토분 주변에 올려놓은 것. 일본의 고분시대에 많이 제작되었다.

니다. 고대에 불린 가요의 흔적은 일본 최고最古의 역사서로 8세기 초에 성립한 『고사기古事記』나 『일본서기日本書紀』, 그리고 같은 시기에 각 지방의 역사, 지리, 산물을 기록한 『풍토기風土記』 등에 산재하고 있습니다. 『고사기』와 『일본서기』에 수록된 약 이백 편에 가까운 고대가요 중에는 현대인에게도 깊은 감동을 주는 사랑 또는 죽음의 노래가 많습니다.

고대 이후, 사회의 모든 계층 사람들은 가요를 부르고 춤을 추었을 것입니다. 그런데 한시나 와카는 칙찬한시집이나 칙찬와카집으로, 그리고 민간에서 만든 각종 시집이나 노래집歌集으로 광범위하게 필사되어 소중하게 보존되어 왔는데 반해, 가요는 한 번 노래로 불린 뒤에 대부분은 그야말로 바람처럼 사라졌습니다. 『고사기』나 『일본서기』, 『풍토기』처럼 어쩌다가 천황 또는 정부의 권위로 뒷받침된 서적에 기록된 것만이 다행히 현대까지 전해졌을 뿐, 그 이외의 고대가요는 거의 상실되었습니다.

이런 상황을 진심으로 우려하고 자신이 열렬히 사랑하는 가요를 널리 수집해서 가요전집을 만들겠다고 결심한 인물이 있었습니다. 그 사람은 지위 면에서나, 노래에 대한 열정과 역량 면에서나, 그 어느 누구보다 훌륭한 고시라카와 천황이었습니다.[2] 그는 고대와 중세의 일대전환기 — 고대 말기에 2대 신흥무사세력인 겐

---

2 제3장 92쪽 참조.

지源氏와 헤이케平家가 400년에 걸쳐 정치와 문화의 중심이었던 귀족 후지와라가를 제치면서 정치의 중심이 된 시기 — 에 즉위한 천황으로 그 자신도 강력한 정치력을 행사한 사람이었습니다.

고시라카와 천황의 재위기간은 3년에 불과했습니다. 그러나 그는 첫째 황자를 니죠二条 천황으로 즉위시키고 자신은 상황[3]으로 물러나, 실제로는 천황보다 훨씬 강력한 권위를 가지고 군림했으며, 출가해서 법황[4]이 된 후에도 여전히 큰 권력을 쥐고 있었습니다. 퇴위한 전 천황이 정치의 실권을 잡는 것은 일본 고대말기에 나타난 특수한 현상입니다. 이것은 '원정'[5]이라는 제도로 실현되는데, 시라카와白河, 도바鳥羽, 고시라카와 천황의 시대에 특히 발달되었고, 이 시기 전 천황의 권력은 절대적이었습니다. 고시라카와인後白河院의 경우도 34년에 걸쳐 다섯 명의 천황이 재위한 기간 동안 그 배후에서 실질적인 권력을 휘둘렀습니다.

당시는 마침 헤이안왕조平安王朝 말기의 전란의 시대였는데, 고시라카와인은 후지와라가의 귀족세력과 겐지, 헤이케 2대 무사세력과의 삼파전 속에서 겐지의 총대장 미나모토노 요리토모源頼朝가 "고시라카와인은 마치 요괴 같다"고 분개할 정도로 노련한 음

---

3 상황上皇은 제1장 18쪽을 참조.
4 법황法皇은 불문에 든 상황을 뜻한다.
5 원정院政은 상황 또는 법황이 나라의 정치를 하는 정치형태이다. 상황이나 법황이 거처하는 곳을 '원(인)院'이라 불렀기 때문에 '원정(인세이)'이라 했다.

일본시가의 마음과 민낯

모가로서 활약했습니다. 이와 같은 인물이 동시에 보기 드문 가요 애호가였을 뿐만 아니라 손꼽히는 명창이기도 했다는 사실은 역사가 가끔 연출하는 하나의 멋진 인간희극이라고 생각합니다.

고시라카와인은 소년시절부터 당시의 유행가, 즉 문자 그대로 '이마요우타今様歌(약칭 이마요)'를 열렬히 사랑했습니다. 그는 계속 새롭게 만들어지고 불리는 가요가 천차만별의 다양한 가락과 가창법을 가지고 있음에도 불구하고, 문자로 기록되지 않아 잊혀져 가는 것을 안타까워했습니다. 그래서 이마요를 집대성하기로 결심하고, 신하에게 명을 내려 각지의 이마요를 널리 수집해서 기록한 것이 바로 『양진비초』전 20권입니다. 『양진비초』는 본편本編과 구전집口伝集으로 이루어져 있는데, 이중 본편 제1권부터 제10권까지는 가사歌詞, 구전집 제1권부터 제10권까지는 세부에 걸친 연주지도서 혹은 주의서 같은 내용이었다고 추정됩니다.

추정된다고 말씀드린 것은 아쉽게도 『양진비초』는 현재 제1권의 일부와 제2권 그리고 고시라카와인 자신이 이마요 수업修業을 하며 쓴 자서전 성격의 구전집이 완본으로 남아 있을 뿐, 나머지는 유실되었기 때문입니다. 현존하는 『양진비초』조차 1911년에 교토京都에서 우연히 발견되어 시인과 소설가 등 세간 사람들을 놀라게 할 때까지 약 8세기 동안 전설상의 책에 지나지 않았습니다. 현존하는 『양진비초』에 수록된 작품은 약 560편에 불과하지만, 그것만 보아도 이 책이 편찬된 12세기 중반에 일본가요작품이 양적으로나 질적으로 얼마나 풍요로웠는지 상상할 수 있습니다.

3

『양진비초』의 작품 소개에 앞서 현존하는 작품의 주된 내용을 간단히 말씀드리겠습니다. 『양진비초』 제1, 2권 수록 가요는 크게 종교가요와 세속가요로 나눌 수 있습니다. 종교가요는 일본 고유의 신도에 관한 가요와 6세기 이후 일본 정치와 문화에 깊은 영향을 끼친 세계적 종교인 불교에 관한 가요가 있습니다. 그리고 이것은 일본종교의 특수한 성격이기도 합니다만, 신도는 불교와 대립하지 않고 오히려 불교의 사상체계와 융합하고 조화하려는 경향이 있었습니다. 그래서 가요도 신불융합적인 작품이 많이 생겼는데, 전체적으로 보면 신도에 관한 가요보다 이국적인 관심을 반영한 불교 관련 가요 중에 인상 깊은 작품이 많습니다. 『양진비초』에 신도나 불교 가요가 다수 수록되었다는 사실은 고시라카와인의 두터운 신앙심과 밀접한 관계가 있어 보입니다.

『양진비초』 마지막 권은 소년시절부터 이마요 부르기에 남달리 열정을 기울인 이 개성 강한 천황이 반세기에 걸쳐 얼마나 고된 수행을 하였는지를 보여 주는 무척 흥미로운 기록문학입니다. 그중에는 사회적으로 최하층 계급에 속하는 소리꾼 노파를 자신의 모친인 황후보다 더 극진히 모시는 모습을 보여준 구절도 있습니다. 또 "이마요를 열심히 연습하는 노력이 그대로 성심껏 신불에게 귀의하는 행위에 통한다"라는 독특한 사상을 기술한 글도 곳곳에 보입니다.

그런 사고방식의 근거 중의 하나가 신도가요나 불교가요의 짧은 노랫말 속에는 거룩한 가르침이 들어 있으므로 그 노랫말을 부르는 행위는 경전을 외우며 기도하는 것과 다름없다는 생각입니다. 과연 당시 일본에서 가장 존중받던 『법화경』—극락정토의 아름다운 묘사로 가득 찬 경전—만으로도 110편 이상의 가요작품이 만들어졌습니다. 이것은 당시 사람들이 가요를 즐겨 부르면서 그 행위를 통해 극락왕생할 수 있다고 얼마나 굳게 믿고 기원했는지를 보여줍니다. 문자를 전혀 모르는 사람들도 노래는 부를 수 있었습니다. 고시라카와인은 말하자면 가요집 편찬을 통해 "가요 수업과 신앙은 궁극적으로 같다"는 자신의 생각을 널리 알리려고 한 셈인데, 거기에는 독특한 낙천주의도 보입니다.

　　이 사고방식은 일본의 예술사상을 생각할 때 매우 중요합니다. 현대에도 특히 음악, 무용, 연극 등의 연주·무대예술이나 회화, 조각, 도예 등 조형미술을 하는 예술가들 중에는 힘든 예술적 정진이 그대로 신앙의 길을 추구하는 행위라고 생각하는 사람이 적지 않습니다. 말하자면 현대 일본의 예술가들은 고시라카와인이 반세기에 걸쳐 이마요 수업에 매진할 때 믿었던 것과 비슷한 신념을 가지고 각자 자신의 일에 매진하고 있습니다.

4

　지금까지 말씀드린 이야기 바로 다음에 제가 인용할 가요의 노
랫말을 들으면 놀라실지 모르겠습니다. 『양진비초』 중에서 활력
넘치는 세속적 주제를 다룬 노래를 소개하는데 그 대부분이 남녀
의 애욕을 그리면서 육체적 욕망을 전면적으로 긍정한 작품이기
때문입니다. 여기에는 종교로 인한 부자유스러움이나 계급적 억
압은 보이지 않습니다. 그런 의미에서 가요는 기본적으로 금욕적
인 불교보다는 인간의 본성을 더 중시하고 욕망에 대해서 개방적
인 신도의 영향을 더 강하게 받고 있다고 할 수 있으며, 가요의 중
요성은 바로 여기에 있습니다. 이와 같이 육체적 욕망을 긍정하는
태도는 중세말기에 편찬된 또 하나의 중요한 가요집 『한음집』에
그대로 계승됩니다.

　　아름다운 여인 보노라면

　　한 줄기 덩굴이 되고 싶어지네

　　뿌리부터 우듬지까지 엉키면

　　잘려도 또 잘려도

　　헤어지지 못하는 게 우리의 운명

びんちょう
美女うち見れば
ひともとかづら
一本葛にもなりなばやとぞ思う

일본시가의 마음과 민낯

もと　　　　　　　　よ
本より末まで縒られ ばや

切るとも刻むとも
　　　　　　　　すくせ
離れ難きはわが宿世

　이 유명한 가요는 여자에게 반해버린 남자의 욕망을 재치 있는 비유로 솔직하게 노래하고 있습니다. 여기에는 일본 사랑가의 특징이 선명하게 표현되어 있는데, 그 특징이란 육체의 직접적인 접촉을 서슴지 않고 칭송하며 솔직하게 표현하는 것입니다. 이 남자는 자신이 반한 아름다운 여자를 볼 때마다 한 줄기의 덩굴이 될 수 있으면 얼마나 좋을까 생각합니다. "덩굴이 되어서 여자의 몸을 뿌리에서 꼭대기까지 둘둘 휘감고 싶다. 그러면 잘라도 썰어도 좀처럼 나무에서 떼어내지 못할 것이다. 그렇게 그 여자와 언제까지나 떨어지지 않고 서로 엉켜 있는 것이 전생부터 정해진 운명이다"라고 남자는 말하고 있습니다.

　이와 같은 육욕의 노골적인 긍정과 현세적 욕망의 찬미는 많은 일본가요에서 공통적으로 나타나는 특징입니다. 그런 점에서 가요는 우아함을 지향하며 귀족사회의 미의식을 대표하는 와카와는 분명히 이질적인 점이 많습니다. 정통파 와카가 공공연히 노래하지 못했던 주제를 가요는 참으로 자유롭게 표현했습니다. 이런 차이점이 생긴 가장 큰 이유는 이상적인 와카의 전형이 칙찬와카집에 있었기 때문이라고 생각합니다. 천황자신이 공식적으로 선택해서 편찬했다는 명목을 가진 와카집은 철두철미하게 아름답고

고아하고 공개적인, 다시 말해 공식행사의 영광스러운 자리에서
발표할 수 있는 작품이 요구되었습니다.

하지만 사람은 누구나 남을 의식하는 공적인 얼굴과 함께, 느긋
하고 솔직하며 정욕이나 상스러운 욕망을 품기도 하는 또 하나의
얼굴을 갖고 있는 법입니다. 숨겨진 얼굴도 역시 진실의 얼굴인데,
가요는 인간의 그런 다양한 측면을 비추는 거울이었다고 할 수 있
습니다. 그리고 가요를 만드는 사람, 듣는 사람 모두 일본사회의
전 계층에 퍼져 있었다는 사실도 가요의 개방적인 성격과 깊은 관
계가 있습니다.

다음 가요에 그런 배경이 선명하게 잘 나타납니다.

> 어제 막 시골에서 올라왔기에 마누라도 없소
> 이 단벌 감청빛 사냥옷을 색시로 바꿔 주오

> 東より昨日來れば妻も持たず
> この着たる紺の狩襖に女換へ給べ

헤이안시대의 일본 수도는 교토였습니다. 이 가요는 비문명적이
고 조야粗野한 곳으로 여겨지는 먼 동국東国지방에서 동경의 땅 교토
근처까지 올라온 촌사람이 빨리 여자를 안고 싶은 마음에 기녀를 많
이 둔 포주와 협상하는 모습을 묘사하고 있습니다. 시골뜨기는 안
타깝게도 기녀를 살 돈을 갖고 있지 않아 자신이 입고 있던 소중한

일본시가의 마음과 민낯

나들이옷을 내주며 그것으로 여자를 알선해 달라고 간청하고 있습니다. 이 광경은 해학적이면서도 그 당시 풍속의 일단을 생생하게 보여주고 있습니다. 19세기 프랑스의 툴루즈 로트렉Henri de Toulouse Lautrec(1864~1901)이나 오노레 도미에Honore Daumier(1801~1879) 같은 화가가 즐겨 그릴 법한 정경인데, 재미있는 것은 도대체 누가 이런 노래를 만들었을까 하는 것입니다.

저는 이 노래의 작자는 남자가 사고 싶어 하던 바로 그 기녀였을 것이라고 생각합니다. 그녀들은 이 시골뜨기의 진지함, 소중한 나들이옷까지 하룻밤의 욕망을 충족시키기 위해 내던지려고 하는 어리석음을 뒷전에서 엿보며 웃음 지었을 것입니다. 동시에 그렇게까지 해서 자신을 사려고 하는 남자의 열정이 흐뭇하기도 하고, 또 정이 가기도 했을 것입니다. 그런 배경을 생각하며 읽으면 이 짧은 가요가 아주 재미있어 집니다.

잘 알려진 다음 작품의 작자도 기녀였을 거라고 국문학자인 고니시 진이치小西甚一 교수는 추정하고 있는데, 저도 그렇게 생각합니다.

이 세상 놀려고 태어났나

장난치려고 태어났나

아이들 노는 소리 들을 때면

이 몸도 절로 들썩여지네

遊びをせんとや生まれけむ
戯れせんとや生まれけん
遊ぶ子供の聲聞けば
我が身さへこそ動がるれ

　이 노래는 일반적인 해석으로는 천진난만하게 노는 아이들의
소리를 듣고 있다가 흥이 나서 몸을 흔드는 어른의 노래라고 생각
할 수 있습니다. 하지만 고니시 교수는 이 작품에 나타나는 '遊び
(아소비, 놀이)' 및 '戯れ(다와부레, 장난)'라는 단어가 고대 일본에서는
모두 남녀의 성행위를 표현하는 말이었다는 사실에 주목하여, 이
가요를 한층 깊이 있게 해독하였습니다. 그에 의하면 이 가요는,
기녀가 놀고 있는 여자아이를 보고 그 소녀의 앞날을 생각하며
"이 아이도 커서 나 같이 가련한 기녀 신세가 되지 않을까" 하는 깊
은 슬픔에 전율하는 장면이라고 합니다. 당시의 일본은 기근과 전
쟁, 천재지변 등 서민생활을 위협하는 요소가 끊이지 않았습니다.
그래서 많은 사람들이 집을 잃고 하루아침에 유랑민으로 전락해
가족이 뿔뿔이 흩어지고 딸이 기녀로 팔려가는 비참한 상황이 혼
하게 일어났습니다.

일본시가의 마음과 민낯

5

그런데 많은 여성들이 이런 비극적 운명에 처해 있었던 것과, 가요와 무용, 악기연주 등의 예능 분야에서 뛰어난 여성들이 많이 배출된 것은 동전의 양면과 같다는 사실을 잊어서는 안 될 것입니다. 그녀들은 말하자면, 자신의 육체를 자산으로 예능을 파는 직업 예술가였습니다. 그녀들 가운데에는 미모와 뛰어난 기예技芸로 사회 최상층에 속하는 남성들의 눈에 들어 혼인을 하여 지위상승을 하는 경우도 있었습니다. 그런 경우 성적 매력이 무엇보다 중요했으므로 그녀들이 만들고 노래하는 가요에 성적인 화제가 풍부한 것은 당연하다고 할 수 있겠습니다.

남자들에게 그녀들은 때로는 유쾌한 말벗이자 때로는 숱한 남자들과의 접촉을 통해서 얻은 지식으로 무장武装한 여자로서, 독립된 정신을 가진 만만치 않은 사랑의 상대였을 것입니다. 그녀들은 생계를 위해, 교통량이 많은 간선도로나 도읍을 흐르는 큰 강의 하구에 집단으로 자리를 잡고 몸을 팔았습니다. 그 밖에도 신사神社의 무녀로 봉직하면서 실제로는 남자들을 상대한 여자도 많았고, 또 어떤 여자들은 곡예사 등 광대로 마을을 순회했습니다.

고시라카와 천황에게 이마요 가요를 가르친 오토마에乙前라는 늙은 명창名唱도 그런 여자들 중의 한 사람이었습니다. 고시라카와 천황은 알려진 부인만 해도 17명이나 되는데, 그중 한 사람은 유녀 출신으로 황자까지 낳았습니다. 또 그런 예는 다른 천황에게도 있

습니다. 와카의 역사에서 가장 빛나는 칙찬와카집의 하나인『신고
금와카집』편찬을 주도한 고도바後鳥羽 천황이 그렇습니다. 그는
자신도 일류가인이었고, 와카를 중심으로 하여 다양한 예술의 후
원자로 활약한 매우 중요한 사람입니다. 그 역시 신분이 낮으면서
도 예술적 소양이 뛰어난 여자들을 자신의 후궁으로 들였습니다.

6

『양진비초』의 가요를 한정된 시간 내에 소개하는 것은 어렵지
만 두 편만 더 소개하겠습니다.

    여자 한창 나이는 기껏해야

    열너대여섯에서 스물서넛까지라 하던가

    서른네댓 살이 되면

    단풍 아랫잎과 다름없다네

    女の盛りなるは

    十四五六歳二十三四とか

    三十四五にしなりぬれば

    紅葉の下葉に異ならず

일본시가의 마음과 민낯

위의 시에는 헤이안시대 여성관이 노골적으로 나타나 있습니다. 여성의 한창 나이를 열네 살쯤부터 스물서너 살까지라 하는 것도 현대인을 놀라게 하지만, 그것보다 더 주목할 만한 것은 서른네 다섯이 된 여자를 '단풍의 아랫잎'으로 비유한 점입니다. 일본의 미적 감각으로 가을 단풍은 자연의 미 가운데에서도 특별하게 여겨집니다. 하지만 아무리 불타는 것처럼 붉게 물든 단풍도 곁에 있는 잎에 가려지면 어쩔 수가 없습니다. 이 교묘한 비유는 해학적이면서도 잔혹한 예리함으로 감명을 주는데, 이 작품을 누가 썼는지를 생각해 보는 것도 흥미롭습니다. 남자일 수도 있지만, 오히려 중년에 접어든 유녀가 깊은 한숨과 함께 토해낸 서글픈 읊조림이 아니었나 싶습니다.

다음은 『양진비초』에 수록된 종교가요입니다.

> 부처님은 항상 계시지만
> 그 형상 뵐 수 없기에 거룩하여라
> 인기척 하나 없는 새벽녘
> 꿈에 아련히 현현顯現하시는 부처님

> 仏は常に在せども
> 現ならぬぞあはれなる
> 人の音せぬ曉に
> 仄かに夢に見え給ふ

이것은 아마 『양진비초』의 종교가요 중 가장 유명한 작품일 것입니다. 그런데 이 가요가 사랑받은 이유는, 실은 그 속에 담긴 불교적 교리 때문이 아니라, 이 작품이 뛰어난 와카가 풍기는 우아함과 섬세함, 정서적인 아름다움을 갖추고 있기 때문인 것 같습니다. 불교가요가 엄숙한 가르침과는 상관없이 미적 정서라는 부수적인 측면에서 사랑받는 것은 모순이지만, 참으로 일본적인 현상이라 할 수 있습니다.

이 가요의 요점은 두 가지입니다. 하나는 '부처님은 언제나 어디서나 계셔서 우리를 지켜 주시면서도 결코 그 형상을 보여주시지 않는다. 그래서 특별히 거룩하시다', 또 하나는 '그런데도 부처님은 사람들이 잠든 새벽 꿈속에 아련하게 현현하신다. 그래서 더욱 거룩하시다'는 것입니다. 모든 것이 신비의 장막에 싸여 있지만, 사람들은 바로 그 신비 속에서 이 가요의 진가를 찾았습니다.

이 작품에서도 부처님을 꿈속에서 아련하게 뵙고 있는 인물은 누굴까 생각해 볼 수 있습니다. 남자라고 생각할 수도 있고 여자라고 생각할 수도 있지만 성별을 떠나서 이 인물은 밤새도록 오로지 독경과 예불에 정진하다가 새벽을 맞이한 승려라 생각할 수도 있습니다. 승려가 피곤해서 잠시 조는 순간, 보통 때는 결코 형상을 보이시지 않는 부처님이 비몽사몽간에 승려에게 현현하십니다. 이 가요가 부처님이 모습을 나타내는 순간을 묘사한 것이라 해석한다면 『양진비초』의 불교가요 가운데에서 특별히 사랑을 받아 온 이유를 알 수 있을 것 같습니다. 그것은 전통적인 와카의 정

일본시가의 마음과 민낯

서와 속세를 벗어난 불교의 높은 정신세계가 이 가요 속에서 잘 융합되어 있기 때문입니다.

7

『양진비초』가 편찬된 시기는 일본의 중세가 시작되는 12세기 후반으로 추정하는데, 그로부터 350년쯤 지나서 중세가요의 마지막을 화려하게 장식한 또 하나의 가요집 『한음집』이 출현했습니다. 이 선집의 편찬자가 누구였는지에 대해서는 몇 가지 학설이 있습니다만, 결정적인 것은 알 수 없습니다. 그러나 편찬자가 다양한 인생경험을 한 연륜이 있는 남성으로, 연애경험도 풍부하고 와카나 렌가에 조예가 깊으며, 악기연주도 뛰어난 풍류인이었음은 어렵지 않게 추측됩니다. 『한음집』이 편찬된 시대는 역사적으로 구분하면 무로마치시대 말기에 해당되는데, 이 시기는 무로마치막부의 힘이 약해지고 여러 지방에 군웅이 할거하여 천하의 패권을 다툰, 소위 '전국시대'였습니다.

귀족계급이 400년에 걸쳐 지배한 헤이안시대는 헤이케, 그리고 겐지라는 2대 무사세력이 잇달아 대두하면서 종지부를 찍었고, 1185년에는 겐지의 총대장 미나모토노 요리토모가 동국지방의 가마쿠라鎌倉에 막부를 수립했습니다. 가마쿠라막부는 겐지의 후계자인 호조北条가가 이어받습니다만, 그 시대는 약 150년 후에 또 다른 새로운 전개를 보입니다.

격심한 전란을 이겨낸 장군 아시카가 다카우지足利尊氏가 1336년, 교토 무로마치에 새로운 막부를 연 것입니다. 그때부터 약 240년 동안 — 1573년에 무로마치막부 최후의 장군이 전국시대 최강의 영웅 오다 노부나가織田信長에게 패배할 때까지 — 15명의 장군이 무로마치막부의 지배자가 되었습니다. 그러나 이 막부가 실제로 안정적이었던 기간은 초기 100년 정도였고, 그 후에는 각지에서 일어난 신흥무사들에게 끊임없이 권력을 위협 받습니다. 말하자면 위험한 저공비행을 되풀이하면서도 완전히 추락하지 않는 기묘한 정권이, 그 후 100년 이상 계속된 것입니다. 그 사이에 사회 여러 방면에 막대한 영향을 끼친 전란이 일어났는데, 그것은 각 지방의 다이묘[6]들이 참전하면서 1467년부터 1477년까지 11년 동안 교토를 중심으로 온 나라를 휩쓴 처참한 전쟁 '오닌의 난'[7]입니다.

8

'오닌의 난'은 중앙정부로서 무로마치막부의 무력함을 드러냄

---

6 다이묘大名는 각 지방의 영토를 다스리고 권력을 행사했던 유력자를 지칭하는 말이다.
7 오닌応仁의 난은 아시카가 쇼군足利将軍가의 후계자 문제 등에서 발단된 내란이다. 교토에서 일어나 넓은 지역으로 확산되었으며, 센코쿠戰国시대의 막을 여는 계기가 되었다.

일본시가의 마음과 민낯

과 동시에, 사회의 모든 계층에서 종래의 권위와 권력의 허구성이 드러나는 결과를 가져왔습니다. 신하가 주군을 살해하고 아들이 아버지를 죽이는 등 살아남기 위해서는 힘으로 힘을 이겨야 한다는 사고방식이 팽배했습니다. 당시 사람들은 그것을 단적으로 '하극상下剋上'이라 명명했습니다. 아랫사람이 윗사람의 지위와 권력을 탈취한다는 뜻입니다.

'교겐狂言'이라는 신흥무대예술이 '노能'와 함께 이 시기에 급속히 발달했는데, 교겐의 대표적 등장인물로서 인기가 많은 다로카자太郎冠者가 바로 이 시대를 전형적으로 대표하는 캐릭터였습니다. 다로카자는 항상 하인신분으로 등장하면서, 기지와 교활함, 때로는 억척스러움과 익살로 주군인 무사나 거상, 부농을 속여 귀중한 것을 감쪽같이 가로채는 인물로, 교겐 무대에 활기를 불어넣어주었습니다.

노·교겐만이 아닙니다. 무로마치시대는 막부의 힘이 약해지고 수도의 권위가 실추되면서 각 지방의 힘이 상대적으로 강해졌으니, 종래의 중앙집권적 체제가 근본적으로 변질되지 않을 수가 없었습니다. 각지의 특산품이 육성되고, 권력의 지방분산 의식이 뿌리를 내리면서 지방마다 독자적인 문화가 발달하기 시작했습니다. 고대·중세를 통해 가장 경시되었던 계급인 상인들 중에는 자본을 축적하여 상위계급인 귀족이나 무사 또는 농민, 공인工人보다 실질적으로 훨씬 강대한 세력이 된 사람들이 있었습니다. 그 결과 그들은 문화면에 있어서도 새로운 후원자로 활약하게 되었습니다.

무로마치시대에 '다도茶道'를 완성시킨 센노 리큐千利休(1522~1592)의 예를 들어 보겠습니다. 리큐는 관서關西지방에서 가장 번창한 항구도시이자 무역의 중심지였던 사카이堺에서 태어났습니다. 리큐의 생가는 부유한 어물 도매상이었는데, 그는 가업에 종사하는 한편 다도에도 열정을 기울였습니다. 그는 작고 간소한 다실茶室에서 한적閑寂의 경지를 추구하면서 세련된 취미에 불과했던 '차노유[8]'를 형이상학적 의미까지 지닌 인생철학으로서의 '다도'로 승화시켰습니다.

그런 점에서 리큐는 무로마치시대 초기에 예술적으로 완성단계에 도달한 '노'의 최초이자 최고의 위대한 배우이며 극작가, 이론가였던 제아미世阿弥(1363?~1443?)와 같은 운명의 길을 걸어온 사람이라 할 수 있습니다. 그들은 창시자임과 동시에 최고의 달인이었으며, 처음에는 당대 최고 권력자의 총애를 받았지만 마지막에는 오히려 권력자의 노여움을 사서 제아미는 귀양을 가고, 리큐는 할복하였습니다.

각 분야에서 전무후무의 높은 경지에 도달한 두 사람의 위대한 예술가가 비극적인 만년을 맞이했다는 사실은 무로마치시대라는 난세에 태어난 사람들의 삶과 죽음을 상징적으로 보여주고 있습니다. '내일을 기약할 수 없는, 내일까지 살아있을지 알 수 없는 것

---

8 차노유茶の湯는 다도의 옛 이름이다.

일본시가의 마음과 민낯

이 이 세상'이라는 생각이 당시 사회에 널리 퍼졌습니다. 당시 가요에 자주 등장하는 주제도 이런 생각에서 나왔는데, 그것은 '인생 무상'의 체념, 그리고 그 체념에 대한 반작용이라고 할 수 있는 찰나적이고 적극적인 현세향락주의입니다.

9

『한음집』의 아주 짧은, 그러나 대표적인 가요를 먼저 하나 소개합니다.

> 진지하게 살아
> 무엇 하리
> 우리 인생 한 바탕 꿈이거늘
> 그저 미쳐라

> なにせうぞ　くすんで　一期は夢よ　ただ狂へ

"그게 뭐냐, 진지한 체하기는. 인생은 어차피 한바탕 꿈 아닌가. 그저 미쳐 보아라"는 뜻입니다. '狂ふ(미치다)'는 꽤 넓은 의미로 사용된 말인데, 특히 문학이나 예술에 있어서 중요한 단어였습니다. 그것은 제정신을 잃고 이상한 언동을 한다는 일반적인 의미 이외

에, 노는 데 정신없이 몰두한다는 의미로도, 귀신에게 홀린 것처럼 격렬한 동작으로 춤을 춘다는 의미로도 사용했습니다. 말하자면 다른 일은 잊고 흥미를 느끼는 일에만 전력을 다해 몰두하는 것이 미치는 상태인데, 시가나 예술에 몰두한다는 뜻으로도 사용되었습니다.

방금 인용한 가요의 'ただ狂へ(그저 미쳐라)'라는 호소에도 그런 뜻의 미침이 있습니다. 이 가요는 겉으로는 단순한 염세관의 표현으로 보이지만, 사실 이 노래가 불린 곳은 화려한 연회 자리였습니다. '一期は夢よ(우리 인생 한 바탕 꿈이다)'라는 무상관은 곧 '그냥 미쳐라'라는 향락철학으로 변합니다. 바꿔 말하면 현세적 욕망의 충족만을 추구하는 물질주의입니다. 그래서 『한음집』에는 무상관을 표명한 구절은 많지만, 불교든 신도든 종교에 대한 관심과 열정은 거의 보이지 않습니다. 그런 점에서 350년 전의 『양진비초』와는 크게 다르다고 할 수 있습니다. 이 차이는 육욕肉慾에 대한 무조건적인 긍정과 찬미라는 형태로 뚜렷이 나타납니다.

10

난 사누키의 쓰루와에서 온 사내
아와 총각의 살갗 어루만지니
다리도 좋고 배도 좋아

쯔루와 생각 조금도 안 나

さぬき　つるは
われは讃岐の鶴羽の者
あは　わかしゅ
阿波の若衆に肌触れて
よ　　　　よ
足好や　腹好や

鶴羽のことも思はぬ

　'사누키'와 '아와'는 일본열도 서부에 위치하는 섬 시코쿠四国에
있던 지명으로, 현재의 가가와香川현과 그 남쪽의 도쿠시마德島현
에 해당합니다. 이 남자는 사누키의 쯔루와라는 곳에서 태어났다
고 하는데, 직업은 알 수 없습니다. 사누키와 아와는 서로 이웃하
고 있는 곳이지만 육로로 왕래하기에는 교통이 꽤 불편했습니다.
아마 이 남자도 배에 물건을 싣고 장사를 하기 위해 아와에 간 사
람인지 모르겠습니다.
　아와에서 그는 어떤 젊은 총각을 알게 돼서 같이 잤습니다. 그
리고는 벌써 고향인 쯔루와는 까맣게 잊을 정도로 "다리도 좋고
배도 좋다"는 감각의 환희에 푹 빠져버린 것입니다. 쯔루와에서는
아마 아내가 그를 기다리고 있을 것입니다. 그런데 그는 아와에서
발견한 동성애의 기쁨에, 적어도 지금은 도취해 있습니다. "다리
좋다. 배 좋다" 같은 즉물적이고 적나라한 표현은 칙찬와카집의
미학으로는 결코 허용되지 않았지만 가요의 재미는 바로 여기에
있습니다. 가요의 이러한 성격은, 가요를 창작하는 사람과 듣고

즐기는 사람의 사회적 분포가 정통파 와카의 경우와는 비교가 안 될 만큼 넓어지고 계급이나 직업도 다양해졌다는 사실을 반영하고 있습니다.

현세적 욕망의 무조건적 긍정, 솔직한 육욕 찬미 등의 속성은 『한음집』의 가요 311편 중 어느 것을 봐도 눈에 띄는 특징입니다. 이들 가요 중 3분의 2를 사랑의 가요가 차지하고 있다는 사실이 그 특징을 단적으로 증명하고 있습니다. 언뜻 보기에 자연의 세계를 노래한 것 같은 작품이 실은 사랑의 노래인 경우도 있습니다. 바꿔 말하면, 인간관계 자체에 대한 흥미가 『한음집』 전체의 가장 중요한 테마였다고 할 수 있습니다. 또 『한음집』은 인간의 욕망과 욕망의 표현을 적극적으로 긍정했을 뿐만 아니라 그것의 '미'까지 발견했는데, 이 발견이야말로 이 가요집이 자연스럽게 떠맡게 된 시대적 역할이었습니다. 그것은 이를테면 '기독교 신앙을 배제하면서 도래한 르네상스' 같은 것이었습니다.

11

이와 같은 변화에 큰 역할을 한 것은 앞에서 말씀드린 것처럼, 부유한 상인계급의 출현이었다고 생각됩니다. 『한음집』이 편찬된 16세기는 일본이 중국이나 조선 등의 근린국가 뿐만 아니라 포르투갈과 네덜란드, 또는 인도나 필리핀 등과 무역을 통해 밀접한 관계를 맺은 시기였습니다. '가라 덴지쿠',[9] '난반',[10] '고모'[11] 같은 낱말들이 — 강한 이국정서 및 동경의 뉘앙스와 함께 — 당시 일본인의 일상회화를 장식했습니다.

사카이와 같은 항구도시에서는 시시각각으로 변하는 국내정세가 물론 중요한 관심사였겠지만, 보다 더 관심을 기울인 것은 해외동정이었습니다. 센노 리큐처럼 강건하고 섬세하며 전략가로서도 뛰어난, 또한 신新과 구舊를 겸비한 인물이 해외무역의 중심지 사카이에 출현했다는 사실은 바로 새로운 시대 — 상인계급의 시대 — 의 도래를 상징하는 현상이었습니다.

16세기 관서지방의 상인들은 교토, 오사카, 사카이 그리고 규슈九州의 하카타博多와 나가사키長崎 등지에서 적극적으로 활동했습니다. 자신들이 축적하고 있는 부의 힘을 자각하고 있었던 이들 상인은 '부'란 정당하고 바람직한 것이라고 굳게 믿고 있었습니다. 사실 고대 · 중세의 상인들과 중세 말기 및 근세 초기 16세기 상인들과의 차이점은, 후자가 자신들의 직업이 '선善'이라 생각하고 '행복은 사후에 도달하는 깨달음의 세계, 즉 '피안彼岸'이 아니라 '현세'에 있다'라고 확신한 데에 있었습니다. 이 확신이 인간이나 자연을

---

9 가라 덴지쿠唐天竺에서 '가라唐(당)'는 중국, '덴지쿠天竺(천축)'는 인도를 뜻하는 말이다.
10 난반南蠻은 주로 포르투갈, 스페인을 가리키는 말이지만, 무역을 통해서 동남아시아에서 도래한 서양인이나 문물을 의미하기도 하고, 또 진기하다는 뜻으로 쓰일 때도 있었다. 또 무로마치室町 말기에 들어와 나중에 사교로서 금지된 천주교 및 천주교에 관한 문물을 뜻하기도 했다.
11 고모紅毛는 '빨간 머리'라는 뜻이지만 네덜란드나 네덜란드인을 가리켰다.

새로운 시각으로 보게 하고, 인간을 있는 그대로 긍정하게 하는 원동력이 되었습니다.

당시 일본에 체재했던 예수회 선교사들이 남긴 편지를 보면 선교사들은 일본상인들의 지식이나 능력에는 호감을 가졌지만, 그들이 보인 천국에 대한 무관심과 현세지상주의에는 무척 당황해했던 것 같습니다. 경제활동이 급속히 확대된 시기에 이와 같은 인생관이 뿌리를 내린 것입니다. 그런 의미에서 인생무상을 한탄하면서도 현세적 향락을 권장하는 『한음집』의 노래들은 새로운 시대가 왔음을 고하는 확실한 증거였다고 할 수 있습니다.

『한음집』에는 귀족이나 무사, 농민과는 달리 인생을 적극적으로 구가하려는 상인들의 모습이 뚜렷이 나타나 있습니다. 또 『양진비초』와 마찬가지로 『한음집』도 노래를 만든 사람이나 부른 사람들 대부분이 남자를 상대로 하는 기녀였다고 생각되는데, 신기하게도 그녀들의 인생관은 상인들의 그것과 통하는 데가 있었던 것 같습니다. 그것은 무엇이든 한 가지 일에 지나치게 집착하지 않고, 강한 애착을 느끼는 물건이나 사람이 있어도—예를 들면 기녀에게는 사랑하는 남자, 상인에게는 모은 재산처럼 대단하지만 언제 사라질지 모르고 사라져 버려도 누구에게도 불평을 호소하지 못하는 것들—언젠가 사라질 거라 생각하고 항상 헤어질 준비와 각오를 하면서 현재를 적극적으로 즐겨야 한다는 사고방식입니다.

일본시가의 마음과 민낯

12

이런 관점에서 생각해 보면, 사회전체가 쉴 새 없이 격동을 겪은 무로마치시대를 상징적으로 대표하는 남성들이 신흥세력인 상인이었다는 사실이 자연스럽게 이해가 됩니다. 그리고『한음집』사랑가의 주인공들이 어떤 때는 신흥 상인, 어떤 때는 앞날이 안 보이는 허무한 인생을 자신의 존재조건으로 받아들이면서 하루하루 억척스럽게 살아간 기녀들이었다는 사실을 생각하면, 연가의 독특한 경쾌함과 공허한 밝음의 이유도 이해할 수 있을 것 같습니다.
가요를 몇 편 소개합니다.

> 사내는 그냥 좋아하지 말아야 돼
> 좋아진 다음에
> 어차피 헤어지고 마아아아아아아알 건데
> 그게 너무 힘든 일이니까

> ただ　人には馴れまじものぢや
> 馴れての後に
> 離るる　るるるるるが
> 大事ぢやるもの

되풀이된 '離るる(하나루루, 헤어질)'의 어미 '루'는 노래 전체의 곡

조를 무척 경쾌하게 만들어서 우타이모노謠物[12]의 성격을 잘 보여주고 있지만, 그 반복에는 헤어지려 해도 쉽게 헤어지지 못하는, 사랑에 빠진 사람의 괴로운 마음도 담겨 있습니다. 또 이 기법은 노래의 주제와도 잘 대응하고 있습니다. 내용으로 봐서 이 노래를 부르는 사람은 여자일 가능성이 높은데, 그녀는 상대 남자를 너무 좋아하면 안 된다고 스스로 경계하고 있습니다. 깊은 사랑에 빠져버리면 헤어질 때 많이 힘들기 때문입니다.

설령 한 남자에게 반해버려도 머지않아 그와 헤어질 때가 온다는 것을 늘 명심하고 있어야 하는 여자라면 기녀라고 생각해도 좋을 것입니다. 기녀가 사랑에 빠지는 것은 금물입니다. 그러나 바로 그런 상황에 있기 때문에 기녀들의 사랑은 슬프기만 한 것이 아니라 때로는 한층 더 진지해질 수도 있습니다. 그리고 진지한 사랑을 하면서도 그녀는 남자에게 "반하는 일은 절대 없어요"라고 계속 우겨야 합니다.

하룻밤 풋사랑이지만
헤어지기 못내 아쉬워 뒤따라 나가보니
벌써 앞바다에

---

12 줄거리 있는 이야기에 가락을 붙인 것을 '가타리모노語 リ物(이야기하는 것)'라 부르는 데에 대해, '노래하는 것'을 뜻하는 '우타이모노謠物'는 가사의 내용보다 음악성에 중점을 둔 전통성악곡을 총칭하는 말이다. 비교적 짧고 서정적이고 리듬감이 있는 가사가 많이 쓰인다.

일본시가의 마음과 민낯

배가 빠르게 가고있네

안개는 짙어지네

<ruby>一夜<rt>ひとよ</rt></ruby>馴れたが

名殘り惜しさに出でて見たれば

沖中に

舟の早さよ

霧の深さよ

  이것도 기녀의 노래입니다. 그녀는 항구도시의 기녀로 오고 가
는 배의 뱃사공이나 나그네를 상대합니다. 밤마다 다른 남자들이
그녀를 스쳐 지나가지만 그중에는 하룻밤 손님일 뿐인데도 헤어
지고 싶지 않은 남자가 있습니다. 이 노래는 그런 남자가 아침 일
찍 떠난 후 허무한 마음을 서정적으로 노래한 것입니다. 남자가
탄 배는 그녀의 마음과는 상관없이 미끄러지듯이 떠나가 버리고
금세 안개가 그 배를 가려 버립니다.

오지 않아도 좋아

인생은 꿈과 꿈 사이의 이슬

우리 만남도 깜짝 번쩍이는 저녁 하늘의 번갯불일 테니까

<ruby>來<rt>こ</rt></ruby>ぬも可なり

夢の間の露の身の
逢ふとも宵の稲妻

이것도 여자의 노래입니다. 그녀는 남자를 기다리고 있지만 아무래도 남자는 오늘밤도 찾아오지 않을 것 같습니다. 그녀는 혼잣말로 중얼거립니다. "오지 않아도 좋아. 어차피 삶이란 꿈과 꿈 사이에 잠깐 맺힌 이슬처럼 덧없는 거니까. 만난다 해도 어차피 초저녁에 깜짝 번쩍이고 사라지는 번개 같은 만남일 테고." 이들 가요의 기조는 '공허한 밝음'에 있다고 앞에서 말씀 드렸습니다만, 이 노래 속에서 일순간 번쩍이고 사라지는 초저녁의 번개는 바로 그런 짧은 만남의 밝음과 헛됨을 상징적으로 보여주고 있습니다. 어쨌든 그녀는 중얼거립니다. "오지 않아도 좋아."

13

지금까지 『한음집』에 수록된 가요의 일부를 소개해 드렸습니다. 이들 가요를 볼 때마다 저는, 적어도 중세 일본의 가요에서는 남자보다 여자들의 삶이 훨씬 꿋꿋하고 떳떳하다는 인상을 받습니다. 물론 그것은 그녀들이 굳세고 떳떳하지 못하면 살아갈 수가 없는 현실적 상황 때문이었고, 때문에 『한음집』의 여성들에게는 남자의 종속물로 사는 대가로 안정된 생활과 안락을 얻으려는 삶

158　　　일본시가의 마음과 민낯

의 태도는 전혀 보이지 않습니다. 홀로 서 있는 그녀들은 남자에게 아첨할 필요가 없었습니다.

그러나 중세의 기녀들이 자립할 수 있었던 것은 역설적이지만, 그녀들이 가난하고 비참한 상황 속에서 고투했기 때문입니다. 또한 그녀들이 『한음집』뿐 아니라 『양진비초』에서도 매력적인 주인공이 될 수 있었던 것은 몸 하나로 자신의 삶을 개척하는 사람들이었기 때문입니다. 그리고 기녀들은 대개의 경우 이토록 매력적인 가요를 창작하고 노래했다는 점에서 뛰어난 예술가였지, 단순한 매춘부는 결코 아니었습니다. 물론 가요의 작자 중에는 남성도 있었지만, 여자들이 가요사에서 큰 역할을 했다는 사실을 여기에서 다시 한 번 강조해 두고 싶습니다.

저는 이 중세가요에 대한 강의로 이번 연속강의를 마치려고 합니다. 제3장 「나라奈良시대와 헤이안平安시대의 여성 와카시인」에서 "와카는 원리적으로 여자 없이는 존재 할 수 없는 시였다"고 말씀드렸습니다만, 가요 역시 '여자 없이는 존재할 수 없는 시'였습니다. 또한 중세가요는 와카가 은폐해온 노골적인 성적묘사나 삶의 적나라한 모습을, 예리한 인간관찰과 함께 세련된 재치와 따뜻한 미소 속에 자연스럽게 되살려 오늘의 우리들에게 생생하게 전해주고 있습니다.

오오카 마코토와 일본의 시가

1

오오카 마코토는 탁월한 시인이다. 동시에 그는 일본을 대표하는
시비평가이기도 하다. (도날드 킨Donald Keene)

어떻게 일본어 시 장르가 성립하였는가, 왜 일본의 시에서 사상을
이야기하는 전통이 사라졌는가, 제가 오오카 씨로부터 배운 것은, 이
커다란 두 가지 문제에 관해서입니다. (오오에 겐자부로大江健三郎)

오오카 마코토는 엘뤼아르Paul Eluard(1895~1952) 등 프랑스의 시
인을 동경하며 중학생시절부터 시를 쓰기 시작하였고 초현실주의
연구회를 하며 번역을 하는 등 해외의 시가와 예술비평에 조예가
깊었습니다. 그리고 그는 아버지가 단카短歌 시인이어서 어릴 적부

터 일본시가의 전통에도 익숙하였습니다. 동과 서, 전통과 현대, 시의 창작과 연구는 그에게 있어서 처음부터 별개의 문제가 아니었던 것 같습니다.

오오카 마코토가 일반인에게까지 잘 알려지게 된 것은 일간지 『아사히朝日신문』 제1면에 시가칼럼 「나날의 노래折々の歌」를 연재하면서입니다. 「나날의 노래」는 일본의 고전에서 현대까지 다양한 장르의 시(두 줄)를 쉽고 간결한 해설(180자)로 소개하면서, 오랫동안(1979년 1월~2007년 3월, 6,762회) 폭넓은 독자층의 사랑을 받았습니다. 그것은 어렵게만 여겨졌던 일본고전시가에 많은 사람들이 관심을 갖게 하는 좋은 계기가 되기도 하였습니다.

동시에 그는 일본시가를 중심축으로 하는 새로운 스타일의 문학사를 쓰고(『이야기 일본문학사あなたに語る日本文学史』), 일본 고전시가 생성의 패러다임 구축을 시도하였습니다(『연회와 고심うたげと孤心』). 또한 이책에 소개되고 있는 스가와라노 미치자네와 기노 쯔라유키의 평전과 『만엽집』『고금집』평론 등, 독창적이며 실증적인 고전연구를 통해서 학문적인 측면에서도 그는 일본고전시가의 발전에 기여해 왔습니다.

이와 같이 '오오카 마코토가 있어서 일본전통시는 행복하다'라는 말을 들을 정도로 이론과 실제 양면에 있어서 일본의 고전시가 전파에 그의 공로는 매우 큽니다. 그가 시인으로서 그리고 문학에서 미술까지 광범위한 영역을 넘나들며 글을 쓰는 평론가로서 오랫동안 축적해 온 자양분은 그대로 일본고전시가를 국내외에 다양한 방법으로 소개하는 데 사용되어 왔습니다. 이 책이 바로 그 하나의 예라고 할 수 있습니다.

이 책에 담지는 않았지만, 그는 고단샤판 후기에서 다음과 같이 말하고 있습니다.

일본 고전시가는 적절한 방법으로 소개되기만 한다면 프랑스사람들의 마음을 사로잡을 만한 매력이 있다고 저는 생각합니다. '적절한 방법'이란 먼저 일본의 시가를 특수한 세계로 보지 않고 그 본질을 파악할 것, 그리고 상대방의 흥미와 호기심을 불러일으킬 수 있도록 글을 명확하게 쓸 것을 의미합니다.

2

이 책이 흥미와 호기심을 자아내도록 해야 하는 대상이 문화적 배경이 다른 '프랑스 사람들'이라는 데 약간의 한계가 있습니다. 그러나 일본의 시가를 외국인들에게 '적절한 방법'으로 알리려고 한 점은 한국 독자들도 책을 읽어가면서 충분히 공감할 수 있으리라 생각합니다.

이 책은 「책머리에」에서 밝혔듯이 콜레주드프랑스라는 고등교육기관에서의 4회 연속강의와 다음 해에 이루어진 1회의 강의를 더한, 단 5회로 일본고전시가를 소개한 공개강의의 기록입니다.

일본시가의 마음과 민낯

이 '5회의 강의'에 일본시가의 무엇에 대해 이야기 하였는가 그 선택과, 강의의 현장성이 바로 이 책이 종래의 시가관련 서적과는 다른 의미를 갖습니다.

　　일본시가를 이야기할 때 사람들은 일반적으로 와카, 하이카이 ─ 근대 이후에는 각각 단카, 하이쿠라 불립니다 ─ 와 근대 자유시에 대해 많은 부분을 할애합니다. 그리고 대다수 일본인들은 이 세 종류의 시형을 일본의 시가라고 알고 있습니다. 하지만 19세기 말까지 천여 년에 걸친 일본시가의 역사를 돌이켜보면, 이와 같은 분류가 실제와는 차이가 있다는 사실을 확인할 수 있습니다. (책 127쪽)

　와카와 하이쿠가 일본의 대표적인 시가임은 한국에서 나온 관련서적에서도 쉽게 확인할 수 있습니다. 그러나 일본시가를 총체적으로 조망할 때 무엇이 중요한가. 그 안정적 실체는 무엇인가. 오오카 마코토는 일본시가의 상식이 되어버린, 종래의 가나로 된 정형시 위주의 소개와는 달리, 한시로 시작하여 와카, 그리고 중세 가요로 끝을 맺습니다.
　고대부터 근대 초기까지 일본의 지식인들에게 있어서도 중요한 표현수단은 한문이었고 한시였습니다. 그것은 운문의 총칭으로 자연스럽게 사용하고 있는 '시가詩歌'(시이카라고 함)가 한국과 마찬가지로 '한시'와 자국의 '가'를 나타내는 말이라는 데 단적으로 나타납니다. 그러나 일본인이 쓴 한시는 일반에게 잘 알려져 있지 않습니다. 이에 대해 저자는 한시 형식의 보편성을 강조하고 그 부침浮沈이 일본의 시가사에 미치는 근본적인 영향에 대한 이야기로 이 책을 시작합니다.

그리고 다음 해에 이루어진 마지막 강의에서는 총괄의 의미를 부여하며 와카와는 전혀 다른 성격의 중세가요를 다룹니다. 중세가요는 익명성이라는 한시와는 다른 이유로 '근대의 산물인 문학사' 속에서 부당하게 낮은 평가를 받아왔습니다. 오오카 마코토는 중세가요의 그 익명성에 내포된 다양함과 풍요로움 그리고 자유분방함 등 가요의 본질적 속성과 매력적인 특징에 대해 소개합니다.

이와 같이 오오카 마코토는 『일본의 시가』에서 전체적인 구도만 놓고 보아도 종래의 고전시가론과는 상당히 다른 선택을 합니다. 그럼에도 불구하고 3회에 걸쳐 다룬 와카의 비중에 대해 생각하지 않을 수 없습니다. 다음 해의 강의는 원래 계획이 없었으므로 결국 한시에서 와카로의 전개로 이루어져 있기 때문입니다. 왜 와카일까, 일본의 시가문학에서 와카가 차지하는 비중이 왜 이렇게 클까. 오오카 마코토 자신도 이 책의 고단샤판 후기에서 다음과 같이 이야기하고 있습니다.

항상 되돌아가야할 출발점으로 제가 염두에 두고 있었던 것은 와카 ─ 그것은 일본의 문학, 예술, 예도禮道에서부터 풍속, 습관까지를 근본적으로 통제해 왔습니다 ─ 의 불가사의한 힘을 최대한 구체적으로 설명하는 것이었습니다.

일본시가의 마음과 민낯

3

콜레주드프랑스의 간행물로 발간된 이 책의 원제는 POÉSIE ET POÉTIQUE DU JAPON ANCIEN입니다. 영어판의 *The Poetry and Poetics of Ancient Japan*은 프랑스어판 서명을 그대로 옮긴 것으로 보입니다. 그런데 일본어판은 『日本の詩歌－その骨組みと素肌』로 프랑스어판, 영어판과 제목을 달리합니다. 그리고 한국어판도 『일본시가의 마음과 민낯』으로 일본어판과 제목을 달리 하였습니다.

사실 이 책의 번역에 있어서 가장 어려웠던 것은 책제목을 정하는 일이었습니다. 원제나 일본어판 어느 쪽도 그대로 한국어판 책제목으로 사용하기에는 마땅치 않아보였습니다. 왜냐하면 같은 내용을 두고 붙인 책이름이 서양과 동양의 차이를 보여주었고, 또 일본과 한국의 미묘한 차이를 인식케 하였기 때문입니다.

원제 『고대 일본의 시와 시학』의 시학은 아리스토텔레스로 시작되는 서양의 시학을 떠오르게 합니다. 프랑스어나 영어 책 제목으로는 적합할지 모르나 동아시아와 일본의 고전시가에 등가적으로 옮겨 적용하기는 어려울 듯합니다. 이때의 서양의 시는 고대일본에는 존재하지 않은 형태이고, 시학 또한 와카 같은 짧은 서정시 장르를 대상으로 하는 것과는 거리가 있기 때문입니다.

그러면 일본어판 『日本の詩歌－その骨組みと素肌』는 어떨까요? 직역하면 『일본시가－그 뼈대와 살결』 정도일 텐데, 책에는 제

목에 관해서는 언급되어 있지 않습니다. 따라서 인체에 비유한 포괄적인 제목이면서도 그 뜻을 짐작하기가 쉽지 않았습니다. 그래서 처음에는 원제인 '시와 시학'을 비롯하여 본질과 현상, 형식과 내용 등 다양한 유추가 가능한 열린 제목이라고 생각하였습니다.

그런데, 저자의 다른 책에서 이 '뼈대骨組'라는 표현의 용례를 찾아볼 수 있었습니다. 예컨대 "고전적 언어의 뼈대骨組는 한어이다"(『오오카 마코토 시詩와 지知의 다이나미즘』, 오에 겐자부로·오오카 마코토 대담), "한시가 일본문화의 뼈대骨組를 만든 셈이다. 와카는 일본의 토착시이고 한시는 중국과 조선으로부터 건너온 외래문화이다. 인체에 비유하면 척추에 해당하는 것이 문체상에서는 한시와 한문이었다"(『이야기일본문학사』) 등입니다.

여기에서 그는 한자, 한시가 일본시가의 뼈대라고 지적하고 있습니다. 그렇다면 살은 자연히 와카를 비롯한 가나로 된 시가를 의미할 것입니다. 결국 일본의 **시가**詩歌를 다시 한 번 강조하고 그 관계를 명확히 제시한 것이 이 책의 부제라고 할 수 있을 것 같습니다. 살에 가려 보이지 않아 간과하고 있는 뼈대의 중요성의 재인식이라고나 할까요? 어쩌면 당연하게 보일 수도 있지만 그 인식을 책제목으로 한 것이 파격적이라고 생각합니다. 이처럼 일본어판은 언어문자의 문제를 근간에 두고 있습니다.

이와 같이 서양의 제목은 시와 시학에 중점을 두었고, 일본은 시가를 표기하는 언어문자에 중점을 두었습니다. 그러나 영어 또는 일본의 책제목을 한국의 제목으로 그대로 적용하기는 적절치 않다

 일본시가의 마음과 민낯

는 느낌이 들었습니다. 서양의 제목은 일본과 같은 이유로, 일본의 제목은 시가에 대한 인식과 그 표출의 미묘한 차이로 인해서입니다. 그러한 고뇌의 결과가 저의 한국어판 제목 『일본시가의 마음과 민낯』입니다.

4

"이렇게 생각해보면 어떨까?"

"무엇이 재미있으면서도 중요할까?"

프랑스인들을 위해 맞춤형으로 풀어낸 시가 이야기인 이 책에는 사실 딱딱한 해설이 필요하지 않을 것 같습니다. 그러면서도 맞춤형의 대상이 다르니 조금은 덧붙여야 하지 않을까 나름대로 생각해보게 됩니다.

이 책의 구성과 내용에 대해서 간단하게 알아보겠습니다.

제1장과 2장은 긴밀하게 연결되어있습니다. 시인詩人이면서 정치가인 스가와라노 미치자네에서 최초의 와카칙찬집을 편찬한 가인歌人 기노 쯔라유키로의 전환은 일본시가사에 있어서 어떤 의미를 지닐까. 일본시가의 향방은 가나문자의 탄생과 보급 그리고 헤이안시대 지배체제의 변화와 밀접하게 관련되어 있었습니다.

관료정치가인 스가와라노 미치자네의 몰락은 한시에서 와카로 그 주류가 이동하는 큰 변화를 상징하는 것이었고, 그것은 인간사회의 근본적인 역학관계와 시가문학이 깊은 관련이 있음을 여실히 보여주는 것이기도 하였습니다.

미치자네보다 30세나 아래인 기노 쯔라유키의 등장은 10세기 초에 일어난 대전환, 즉 중국(당나라) 숭배에서부터 자국존중으로, 한시문에서 와카와 가나문자문학으로, 상류귀족이 주도하는 문화에서 중하류귀족이 이끄는 문화로의 전환, 말하자면 스가와라노 미치자네로부터 기노 쯔라유키로의 전환을 상징하고 있습니다. (책 49쪽)

오오카 마코토는 스가와라노 미치자네가 한시를 쓴 시인이어서 오랫동안 주목받지 못했던 점을 아쉬워하며 그의 시에 생명을 불어넣고 있습니다. 그렇게 함으로써 한시라는 그릇과 와카라는 그릇과의 괴리, 한시와 와카의 본질적인 차이도 자연스럽게 드러납니다.

한시가 작자의 '자아주장'을 당연한 조건으로 하는 데에 비해 와카는 오히려 작자의 '자아소거'를 자연스럽게 유도하는 시라고 해도 과언이 아닙니다. (책 25쪽)

제2장은 칙찬집의 의미에 관해서입니다. 일본시가의 역사는 주로 작자나 연대순이 아닌, 자연이나 사랑과 같이 내용에 따라 분류 편찬된 시선집으로 이루어졌습니다. 그리고 그 중심에 천황의 명

일본시가의 마음과 민낯

에 의해 편찬되는 칙찬집이 있었습니다.

원래 칙찬집의 출발은 한시였습니다. 그러나 『고금집』이 편찬되면서 칙찬집은 한시에서 와카로 전환됩니다. 그 후 와카칙찬집은 21차례에 걸쳐 16세기까지 이어지며, 와카의 권위는 압도적이 되었고 동시에 와카에 의해 천황의 권위도 강화되는 측면이 있게되었습니다. 따라서 천황제가 와카라는 일본문학의 스타일을 만들었다고 해도 지나치지 않을 것입니다.

> 칙찬집은 단순한 시가집이 아니라 천황과 그 배후에 있는 실제 권력자들의 치세가 풍요롭고 평화로운 시대임을 알리는, 정책으로서의 측면을 가지고 있었던 것입니다. (책 56쪽)

후지와라가의 전성기와 맞물려 출세의 수단이 관료로서의 능력을 판단했던 한시문이 아니라 이성과의 의사소통을 위해 가나를 사용하는 와카로 바뀌게 된 것입니다.

> 남자로서 바랄 수 있는 출세의 현실적 수단은 다름 아닌 결혼이었습니다. (…중략…) 와카는 상대편의 마음을 움직이고 설득하기 위한 실용적 수단이자 무기였습니다. (책 64쪽)

제3장은 작품을 통해서 여성 시인들의 활약이 구체적으로 나타납니다. 와카에는 일본의 노래라는 뜻도 있지만 이 책에서 거듭

언급하듯이 본질적으로는 화답과 조화라는 의미를 가집니다. 그리고 그 화답의 대상은 주로 이성이었습니다. 따라서 와카의 근본적이고도 중심적인 테마는 사랑이라고 할 수 있습니다. 한시한문이 남성을 위한 것이었다면 여자의 문자인 가나, '온나데女手'로 표기하는 와카는 본래 여성을 위한 것이었으므로 어느 면에서나 여성이 중요한 역할을 한 시였습니다.

여기에서는 수많은 여성 와카시인들 중에서 만엽집의 가사노이라쯔메, 여성문학의 전성기에 나타난 이즈미 시키부, 전란 시대에 태어나 고독한 삶을 살다간 쇼쿠시 내친왕 등 세 사람의 대표적인 여성시인의 시를 소개하고 있습니다. 특히,

> 와카는 짧지만, 거의 한숨에 불과한 짧은 시형을 가지고도 인간의 깊은 진실을 포착할 수 있다는 사실을 이들 여성가인이 말해주고 있는 것 같습니다. (책 96쪽)

라는 말에 수긍이 가는 저자의 시 해설이 돋보이는 장입니다.

제4장은 와카에 관한 마지막 장으로 서경시에 관한 이야기 입니다. 이 장에서는 서경시 또는 자연시가 고대로부터 현대에 이르기까지 일본의 중요한 시가형식임을 강조합니다. 그러면서 자연이 주된 소재인 하이쿠도 함께 언급하고 있습니다.

전반은 풍경을 묘사한 와카에 사랑 또는 인생을 중첩시킨 와카를 다루고 있습니다. 풍경이나 자연을 노래하는 서경시가 실은 사

랑을 노래하는 서정시의 역할도 한 것입니다. 하지만 이러한 와카의 중층성은 일본어의 특성과 맞물려 일본시가에서 자기주장을 소거시키기도 합니다.

그리고 후반은 풍경을 그대로 풍경으로 묘사한 와카를 다룹니다. 풍경과 자연을 객관적으로 묘사하는 그러한 와카는 13, 14세기의 칙찬집에 나타나기 시작합니다. 주체와 객체의 구별이 모호한 서정의 시대에 변화가 온 것입니다.

제5장은 『한음집』과 『양진비초』에 기록된 노래, 중세가요를 다룹니다. 거기에는 와카의 미학에서는 결코 허용되지 않았던 육욕의 노골적인 긍정과 현세적 욕망의 찬미 등 가요가 주는 재미와 매력이 잘 드러나 있습니다. 가요는 노래로 불린 것이기 때문에 입말에 맞는 가나로 씌어졌다는 점에서 와카와 연속성이 있으나, 규칙에서 끊임없이 일탈하려는 속성이나 자유분방함에서는 와카와 대조적입니다. 헤이안시대 귀족여성들의 찰나적이고 애절한 와카와 가요 속의 기녀들의 밝고 긍정적인 체념과의 대조도 인상적입니다.

한시와 와카가 주류사회에서 향유되는데 비해 가요전파에 위대한 힘을 발휘한 사람들은 기녀, 떠돌이 예인芸人 등 주변적 인물이었습니다. 특히 중세가요에서 기녀들의 끈질긴 생활력과 솔직함, 묻어나오는 시적매력과 더불어 일본시가의 여성성의 완결을 발견한 것은 저자의 독창적인 혜안이라고 생각합니다.

우리에게도 잘 알려져 있는 하이쿠는 주로 남성들에 의해 만들어졌으며, 와카와 달리 사랑의 시가 많지 않습니다. 그러나 오오카 마코토는 여성이 부른 가요의 매력을 찾아냄으로써 일본시가사에서 여성시인의 존재가 결정적으로 중요했음을 통시적으로 보여줍니다. 물론 이와 같은 이야기의 전개에는 페미니즘을 중요시하는 프랑스라는 곳에서의 강연이라는 현장성도 작용했을 것입니다.

노래로 불리고 사라지는 것이 일반적이었던 가요를 기록하는 데 헌신한 사람은 고시라카와인後白河院으로, 그는 "가요수업과 신앙은 궁극적으로 같다"는 신념으로 당시의 가요인 이마요今様에 열중했습니다. 그는 앞에서 소개한 쇼쿠시 내친왕의 부친이어서 결국 부녀가 중세 시가문학의 각기 다른 장르에서 크게 공헌한 셈입니다.

이 책은 한시에서 와카로 그리고 가요로 이어지는 오오카 마코토의 독자적인 일본시가사라고도 할 수 있을 것 같습니다. 그리고 그 근간에는 한자와 가나, 남성과 여성, 문자와 젠더의 문제가 놓여있습니다.

5

이 책에는 한시 7수, 와카 25수, 하이쿠 1수, 가요 10수 총 43수의 시가가 뜻풀이와 함께 소개되고 있습니다. 이 책의 또 하나의 매력은 널리 알려진 유명한 노래보다 시인의 자유로운 안목으로 다양한 시가들이 선택된 데에 있습니다. 그리고 그 시가들이 지어진

상황이나 심리를 예리하고 섬세하게 풀어낸 해설은 책읽기에 즐
거움을 줍니다. 본문에는 원시도 올렸습니다만 여기서는 번역시
만으로 몇 수 소개해 보려고 합니다.

누가 먼저 추위를 탈까?
추위는 빠르네, 쫓겨 돌아온 유랑인에게
호적을 보아도 새로 온 사람 없는데
이름을 물어 옛 신분 헤아릴 뿐
수확이 적어 고향은 척박하고
떠도느라 모습이 가난하구나
자비로운 정치로 품지 않으면
떠도는 유랑인 늘어만 나리

— 스가와라노 미치자네(책 30쪽)

돌아와 자리를 나란히 앉고
궁정에서 서로 눈짓을 주고받네
예전에 들인 비용 갚아주기 위해
이끗만 추구하고 원칙은 내던지네
상관 중에 강직한 자 있다면
비분강개 안할 수 없지
마땅히 밝게 규찰하여
저 파렴치한 꺾어놓으리

그 도둑놈 도리어 주인을 증오하니
주인 목숨 잃고서야 그 내막 알겠네

— 스가와라노 미치자네(책 38쪽)

눈으로 시원스레
볼 수 없지만
바람소리에
가을 왔음을
홀연 깨닫네

— 후지와라노 도시유키(책 62쪽)

날 사랑하지도 않는
사내를 사랑하는 것은
큰 절간
아귀 등 뒤에다 대고
절하는 꼴이지

— 가사노 이라쓰메(책 77쪽)

이 세상 덧없음을
내 눈으로 똑똑히 보았음에도
꿈결인 듯 밤이면
아무 일 없이 잠을 자는

일본시가의 마음과 민낯

날 진정 사람이라 할 수 있으랴

— 이즈미 시키부(책 89쪽)

이제껏 보아온 것
아직 못 본 앞일
그 모든 게
찰나에 떠오르는
덧없는 환영일 뿐

— 쇼쿠시 내친왕(책 95쪽)

어두워 가는 초저녁
산등성이 저 너머
먹구름 틈으로
번쩍대는
가을하늘의 번개

— 후시미 천황(책 116쪽)

오지 않아도 좋아
인생은 꿈과 꿈 사이의 이슬
우리만남도 깜짝 번쩍이는 저녁하늘의 번갯불일 테니까

—『한음집』(책 157쪽)

해설   175

진지하게 살아

무엇 하리

우리 인생 한 바탕 꿈이거늘

그저 미쳐라

─『한음집』(책 149쪽)

번역이기에 한계가 있지만 일본시가의 전개, 그리고 한시, 와카, 가요의 성격의 차이가 자연스럽게 드러나 있지는 않을까요?

6

제가 일본고전시가를 공부하기 시작한 출발점부터 오오카 마코토가 있었습니다. 매일 아침신문에서 제일 먼저 그의 칼럼을 찾았고, 『연회와 고심』이라는 책을 보며 시가생성의 보편적 원리에 대해 생각하게 되었습니다. 그의 평이한 글쓰기는 늘 부담 없이 다가와 자신도 모르게 자양분이 되었던 것 같습니다.

저는 오래 전에 『창조된 고전─일본문학의 정전형성과 근대 그리고 젠더』라는 책을 번역한 적이 있습니다. 그때에도 "일본고전문학을 보다 열린 논의의 장으로 이끄는 계기"가 되기를 희망하며 작업을 하였습니다. 이번 작업을 통해서도 일본고전시가가 그러한 계기가 되었으면 하는 바람입니다.

일본시가의 마음과 민낯

이 책의 제목 『일본시가의 마음과 민낯』의 '민낯'은 일본어판 『日本の詩歌－その骨組みと素肌』의 '살결素肌'의 번역입니다. 그러나 한국어판에서는 본연 그대로의 모습이라는 의미를 담아 살결이 아닌 민낯이라는 어휘를 사용하였습니다. '마음과 민낯'의 '마음'은 폭넓은 의미 그대로의 마음입니다. 동시에 여기에는 제가 감추어놓은 또 하나의 의미가 있습니다. 그것은 일본고전시가의 표현의 속성을 잘 나타낸 "표현은 옛 것을 따르고 내용은 새 것을 추구하라詞は古きをしたひ，心は新しきを求め，定家"의 마음 = 내용이기도 합니다.

일본과 한국의 시가를 둘러싼 환경에는 유사점과 차이점이 있습니다. 그 밑바탕에 같은 한자문화권의 보편어였던 한자한문과 자국어와의 관계, 한문문학과 자국어문학과의 병존 등의 문제들이 있을 것입니다. 일본의 특성이라고 하는 것에도 동아시아 또는 한국과 공유하는 것이 있으리라 생각됩니다. 큰 틀에서 이 책이 독자들에게 동아시아 횡단적 사고를 하는 데에 도움이 되었으면 합니다.

어두운 밤에 더 깊어지는 매화꽃 향기를 노래한 다음시를 읽고 여러분들은 무엇을 떠올릴까요? 인재에 대한 그리움, 충절과 절개, 남녀의 사랑 …… 한국과 일본의 시가의 같음과 다름을 이 시에서 엿볼 수 있지는 않을까요?

어두운 봄밤이여

알 수 없구나

매화꽃

모습이야 감춘다 해도

스며나는 향기를 어이 감추리

—『고금집』(책 109쪽)

일본시가의 마음과 민낯